GEVANGEN

GEVANGEN: BOEK 1

ANNA ZAIRES

♠ MOZAIKA PUBLICATIONS ♠

Dit boek is een fictief werk. Alle namen, personages, plaatsen en incidenten komen voort uit de verbeelding van de auteur or worden fictief gebruikt. Iedere gelijkenis met bestaande personen, levend of dood, bedrijven, gebeurtenissen of plaatsen berust volledig en uitsluitend op toeval.

Copyright © 2018 Anna Zaires
www.annazaires.com/book-series/nederlands/

Alle rechten voorbehouden.

Buiten gebruik voor een recensie mag geen enkel deel van dit boek zonder toestemming worden vermenigvuldigd, gescand of verspreid, in geprint of elektronisch formaat.

Uitgegeven door Mozaika Publications, onderdeel van Mozaika LLC.
www.mozaikallc.com

Ontwerp cover: Najla Qamber Designs
www.najlaqamberdesigns.com

Vertaling: TextStress

ISBN: 978-1-63142-401-4
Print ISBN-13: 978-1-63142-405-2

I

DE OPDRACHT

ulia

DE TWEE MANNEN TEGENOVER ME BELICHAMEN GEVAAR. Het straalt van ze af. De een is blond, de ander donker. Ze zouden tegenovergestelden moeten zijn, maar op de een of andere manier zijn ze gelijk aan elkaar. Hun aura is gelijk.

Het is een kil aura dat me de kriebels geeft.

'Ik heb een delicate kwestie die ik met u wil bespreken,' zegt Arkady Buschekov, de Russische ambtenaar naast me. Zijn bleke, bijna kleurloze ogen zijn op het gezicht van de donkerharige man gericht. Buschekov spreekt Russisch en ik herhaal zijn woorden in het Engels. De vertaling is vloeiend en je hoort nauwelijks een accent. Ik ben een goede tolk, ook al is dat mijn echte baan niet.

'Vertel,' zeg de donkerharige man. Hij heet Julian Esguerra en is een belangrijke wapenhandelaar. Dat stond in elk geval in de informatie die ik vanochtend doorgenomen heb. Hij is de grote vis vandaag, degene bij wie ik in de smaak moet zien te vallen. Dat wordt geen vervelend klusje. Hij is een bijzonder knappe man, met blauwe, doordringende ogen in een gebruind gezicht. Als hij niet die kille uitstraling bezat, zou ik hem oprecht aantrekkelijk vinden. Maar ook al doe ik alsof, dat zal hij niet merken.

Ze merken het nooit.

'U bent vast bekend met de problemen in onze regio,' zegt Buschekov. 'We willen graag dat u ons helpt dit op te lossen.'

Ik vertaal zijn woorden en probeer mijn groeiende opwinding te onderdrukken. Obenko had gelijk. Er speelt inderdaad iets tussen Esguerra en de Russen. Dat vermoeden had Obenko al toen hij hoorde dat de wapenhandelaar naar Moskou kwam.

'Hoe kan ik helpen?' vraagt Esguerra. Hij lijkt slechts licht geïnteresseerd.

Terwijl ik zijn woorden voor Buschekov vertaal, spiek ik even naar de andere man aan tafel, de man met het korte, in militaire stijl opgeschoren blonde haar.

Lucas Kent, Esguerra's rechterhand.

Ik heb bewust niet eerder naar hem gekeken. Hij verontrust me nog meer dan zijn baas. Gelukkig is hij mijn doelwit niet, dus hoef ik ook geen interesse in hem voor te wenden. Toch dwalen mijn ogen steeds af naar zijn goedgevormde trekken. Zijn grote, gespierde lichaam, vierkante kaak en scherpe blik doen me denken aan een *bogatyr* - een nobele krijger uit Russische volksverhalen.

Hij vangt mijn blik en er glinstert iets in zijn lichte ogen als ze mijn gezicht opnemen. Snel wend ik mijn eigen blik af, een huivering onderdrukkend. Die ogen doen me denken aan de ijzige omstandigheden buiten: blauwgrijs en intens kil.

Gelukkig hoef ik hem niet te verleiden. Interesse zijn in baas voorwenden is veel, veel makkelijker.

'Er zijn delen in Oekraïne die onze hulp nodig hebben,' zegt Buschekov. 'Maar gezien de huidige opinies in de wereldpolitiek zou het een probleem zijn als we binnenvielen en die hulp daadwerkelijk verleenden.'

Ik vertaal zijn woorden vlotjes, mijn aandacht nu opnieuw gericht op de kennis die ik hier moet opdoen. Dit is belangrijk; dit is de voornaamste reden dat ik hier ben. Het verleiden van Esguerra is bijzaak, nochtans onvermijdelijk.

'Dus jullie willen dat ik dat doe,' zegt Esguerra. Buschekov knikt als hij mijn vertaling hoort.

'Ja,' zegt Buschekov. 'We willen dat een aanzienlijke zending wapens en andere materialen bij de vrijheidsstrijders in Donetsk terechtkomt. Die mogen niet naar ons herleid worden. In ruil daarvoor betalen we u uw gebruikelijke honorarium en krijgt u een veilige doorgang naar Tadzjikistan.'

Als ik de woorden overbreng, verschijnt er een kille glimlach op Esguerra's gezicht. 'Is dat alles?'

'We zouden het ook fijn vinden als u momenteel geen zaken wilt doen met Oekraïne,' zegt Buschekov. 'Twee stoelen en één achterste en zo.'

Ik probeer dat laatste ook te vertalen, al klinkt het niet half zo goed in het Engels. Daarnaast prent ik me ieder woord in, zodat ik het later aan Obenko kan doorbrieven. Dit is precies wat mijn baas hoopte dat ik zou horen. Of, beter gezegd, wat hij vreesde dat ik zou horen.

'Ik ben bang dat ik daarvoor een hoger honorarium moet rekenen,' zegt Esguerra. 'U weet vast dat ik normaliter geen kant kies in dergelijke conflicten.'

'Ja, dat hebben we begrepen.' Buschekov brengt een stukje *selyodka* - gezouten vis - naar zijn mond en kauwt er langzaam op, terwijl hij de wapenhandelaar bedachtzaam opneemt. 'Misschien kunt u in dit geval die positie heroverwegen. De Sovjet Unie bestaat niet meer, maar zijn invloed in deze regio is nog niet verdwenen.'

'Daar ben ik me bewust van. Waarom denkt u dat ik hier anders ben?' Esguerra's uitdrukking doet me denken aan die van een haai. 'Maar neutraliteit is een duur goed. Dat begrijpt u vast wel.'

Buschekovs blik wordt killer. 'Dat klopt. Ik mag u twintig procent meer bieden dan uw gebruikelijke honorarium.'

'Twintig procent? Als u mijn potentiële winst halveert?' Esguerra lacht zacht. 'Dat dacht ik niet.'

Na mijn vertaling gehoord te hebben, schenkt Buschekov zichzelf nog wat wodka in en laat het in zijn glas ronddraaien. 'Twintig procent meer en de gevangen Al-Quadarterrorist is ook voor u,' zegt hij dan. 'Dat is ons laatste aanbod.'

Terwijl ik het vertaal, werp ik een stiekeme blik op de blonde man. Ik ben op de een of andere manier nieuwsgierig naar zijn reactie. Lucas Kent heeft nog geen woord gezegd, maar ik voel dat hij alles in zich opneemt.

Ik voel dat hij naar me kijkt.

Vermoedt hij iets of vindt hij me gewoon aantrekkelijk? Beide opties baren me zorgen. Mannen zoals hij zijn gevaarlijk, en deze man is nog gevaarlijker dan de meesten.

'Afgesproken,' zegt Esguerra.

Ik besef dat dit het dus is. Wat Obenko vreesde, staat daadwerkelijk te gebeuren. De Russen gaan wapens leveren aan de zogenaamde vrijheidsstrijders, waardoor de ellende in Oekraïne epische proporties aan zal nemen.

Ach ja. Dat is Obenko's probleem, niet het mijne. Ik hoef alleen maar te glimlachen, mooi te zijn en te vertalen - dus dat is wat ik de rest van de maaltijd doe.

Na het overleg blijft Buschekov achter om met de eigenaar van het restaurant de boel af te ronden. Ik ga met Esguerra en Kent mee naar buiten.

Zodra ik een voet buiten de warme ruimte zet, word ik belaagd door de kou. Mijn jas is stijlvol, maar niet opgewassen tegen de Russische winter. De kou dringt door de wol heen in mijn botten. In luttele seconden voelen mijn voeten aan of ze bevroren zijn - de dunne zolen van mijn hoge hakken bieden maar weinig bescherming tegen de ijskoude grond.

'Zou u mij een lift kunnen geven naar het dichtstbijzijnde metrostation?' vraag ik als Esguerra en Kent naar hun auto lopen. Ik weet dat ik sta te rillen en ik reken er dan ook op dat zelfs gewetenloze criminelen een mooie vrouw niet zomaar laten bevriezen. 'Het is ongeveer tien blokken verderop.'

Esguerra neemt me even op en gebaart dan naar Kent. 'Fouilleer haar,' beveelt hij kortaf.

Mijn hart begint te bonzen als de blonde man op me afloopt. Zijn harde gezicht staat uitdrukkingsloos en die blik verandert niet als hij zijn grote handen van top tot teen over mijn lichaam laat gaan. Het is een gewone fouillering - hij probeert niets - maar als hij me loslaat, sta ik om een heel andere reden te beven. De kou in mijn binnenste is verdrongen door een ongewenste sensatie.

Nee. Ik dwing mezelf rustig adem te halen. Deze reactie kan ik nu niet gebruiken. Hij is niet de man op wie ik moet reageren.

'Niets,' zegt Kent. Hij stapt achteruit en ik probeer mijn opluchting te verbergen.

'Goed.' Esguerra opent het portier. 'Stap in.'

Ik stap in en ga achterin naast hem zitten, opgelucht

dat Kent voorin naast de chauffeur is geschoven. Eindelijk kan ik tot actie overgaan.

'Bedankt,' zeg ik met mijn warmste glimlach tegen Esguerra. 'Ik waardeer dit echt. Dit is een van de slechtste winters in jaren.'

Tot mijn teleurstelling is er geen glimpje interesse te zien op het knappe gezicht van de wapenhandelaar. 'Geen probleem,' zegt hij, en hij haalt zijn telefoon tevoorschijn. Om zijn sensuele mond vormt zich een glimlach als hij een bericht leest en vervolgens een antwoord begint te tikken.

Ik neem hem in me op. Wat stemt hem zo opgewekt? Een deal die goed is afgerond? Een goed aanbod van een leverancier? Wat het ook is, het leidt zijn aandacht van mij af en dat is nou net niet wat ik wil.

'Blijft u hier lang?' Mijn stem klinkt zacht en verleidelijk. Als hij naar me kijkt, glimlach ik opnieuw en sla dan mijn benen over elkaar, op zo'n manier dat de zwartzijden kousen die ik draag hun lengte benadrukken. 'Ik kan u de stad laten zien, als u dat wilt.' Ik kijk hem zo open en uitnodigend mogelijk aan. Mannen zien het verschil niet tussen oprechte interesse en dit; zolang een vrouw eruit ziet of ze hen wil, geloven zij dat het zo is.

En om eerlijk te zijn, zouden de meeste vrouwen deze man daadwerkelijk willen. Hij is meer dan knap - adembenemend. Zelfs met dat duistere aura dat om hem heen hangt, kan ik me nog voorstellen dat vrouwen een moord zouden doen om met hem het bed te mogen delen. Het feit dat hij mij niets doet, is mijn probleem. Een probleem dat ik moet oplossen als ik deze missie wil afronden.

Ik weet niet of Esguerra iets merkt of dat ik gewoon zijn type niet ben, maar in plaats van op mijn aanbod in te gaan, schenkt hij me een koele glimlach. 'Bedankt voor de uitnodiging. Maar we vertrekken snel weer en ik ben te moe om je stad vanavond eer aan te doen.'

O, nee. Ik weet mijn teleurstelling te verbergen en zeg slechts, nog altijd glimlachend: 'Natuurlijk. Als u van gedachten verandert, weet u me te vinden.' Meer kan ik niet doen, niet zonder mezelf verdacht te maken.

De auto stopt bij de metrohalte en ik stap uit, me afvragend hoe ik mijn falen moet verklaren.

Hij wilde me niet? Ja, dat wordt vast zonder slag of stoot geaccepteerd...

Met een zucht trek ik mijn jas dichter om me heen en snel het ondergrondse station in, vastbesloten voorlopig in elk geval uit de kou te blijven.

 *ulia*

HET EERSTE WAT IK DOE ALS IK THUISKOM, IS MIJN BAAS bellen en doorgeven wat ik gehoord heb.

'Dus mijn vermoeden was juist,' zegt Obenko als ik uitgesproken ben. 'Ze gebruiken Esguerra om die kloterebellen in Donetsk te bewapenen.'

'Ja.' Ik schop mijn schoenen uit en loop naar de keuken om thee te zetten. 'Buschekov eiste een exclusieve deal, dus Esguerra staat volledig aan de kant van de Russen.'

Obenko laat een creatieve vloek horen die veelvuldig gebruikt maakt van de woorden verdomde, slet en moeder. Ik negeer het en giet water in de waterkoker, waarna ik hem aanzet.

'Goed,' zegt Obenko als hij wat gekalmeerd is. 'Je ziet hem vanavond nog, toch?'

Ik haal diep adem. Dit is het minder leuke gedeelte. 'Niet echt.'

'Niet echt?' Obenko's stem wordt gevaarlijk zacht. 'Wat bedoel je daar verdomme mee?'

'Ik heb hem een aanbod gedaan, maar hij was niet geïnteresseerd.' In dit soort situaties vertel je altijd beter de waarheid. 'Hij zei dat ze snel weer vertrekken en dat hij te moe was.'

Opnieuw begint Obenko te vloeken. Intussen open ik het pakje thee, laat een zakje in een mok vallen en schenk er kokend water overheen.

'Weet je zeker dat je hem niet zover krijgt?' vraagt hij als hij uitgevloekt is.

'Behoorlijk zeker, ja.' Ik blaas in de mok om mijn thee wat af te koelen. 'Hij had gewoon geen interesse.'

Obenko zwijgt even. 'Goed,' zegt hij dan. 'Je hebt het verkloot, maar daar hebben we het een andere keer wel over. Nu moeten we bedenken wat we gaan doen aan Esguerra en de wapens waarmee ons land overspoeld zal worden.'

'Hem elimineren?' stel ik voor. Mijn thee is nog iets te heet, maar ik neem toch een slokje om van de warmte in mijn keel te kunnen genieten. Het is een eenvoudig genoegen, maar zijn de beste dingen in het leven niet zo? De geur van bloesem in de lente, de zachte vacht van een kat, de sappige zoetheid van een rijpe aardbei - ik heb recent geleerd die dingen te koesteren, het leven zo goed als ik kan te omarmen.

'Makkelijker gezegd dan gedaan.' Obenko klinkt gefrustreerd. 'Hij wordt beter bewaakt dan Poetin.'

'Hm-hm.' Ik neem nog een slokje thee en sluit mijn ogen om de smaak beter tot me door te laten dringen. 'Je bedenkt wel iets.'

'Wanneer vertrekt hij, zei hij dat?'

'Nee. Hij zei alleen dat het binnenkort was.'

'Goed.' Ineens lijkt Obenko ongeduldig. 'Laat het me ogenblikkelijk weten als hij contact met je opneemt.'

En voor ik iets kan zeggen, heeft hij al opgehangen.

Aangezien ik nu toch een avondje vrij ben, besluit ik een bad te nemen. Mijn badkuip is klein en sjofel, net zoals de rest van mijn appartement, maar ik heb wel erger gezien in mijn leven. Ik besluit de lelijke badkamer op te fleuren met een paar geurkaarsen op de wastafel en wat badschuim in het water. Dan stap ik in het bad, een genietende zucht slakend als het warme water mijn lichaam omsluit.

Als ik kon kiezen, zou ik het altijd warm hebben. Wie zei dat het in de hel heet is, had het mis. In de hel is het koud.

Zo koud als de Russische winter.

Terwijl ik van mijn warme bad lig te genieten, gaat de deurbel. Meteen schiet mijn hartslag omhoog en vlamt de adrenaline door mijn aderen.

Ik verwacht geen bezoekers - dus zijn er problemen.

Ik spring uit de badkuip, sla een handdoek om me heen en ren naar de leef- en slaapruimte van mijn studio. Mijn kleren liggen nog op het bed, maar ik heb geen tijd om ze aan te trekken. In plaats daarvan schiet ik in een ochtendjas en pak dan het pistool uit mijn nachtkastje.

Ik haal diep adem en loop naar de deur, het wapen voor me gericht.

'Ja?' roep ik. Op een paar meter van de deur blijf ik staan. Hoewel de deur van versterkt staal is gemaakt, is het sleutelgat dat niet. Daar kan doorheen geschoten worden.

'Lucas Kent hier.' De diepe, Engelssprekende stem laat me zo schrikken dat ik het wapen een paar centimeter laat zakken. Mijn polsslag schiet nog verder omhoog en om de een of andere reden beginnen mijn knieën te trillen.

Wat doet hij hier? Weet Esguerra iets? Heeft iemand me verraden? De vragen wellen in me op en maken me nog veel nerveuzer, tot ik bedenk wat ik moet doen.

'Wat wil je?' Ik probeer mijn stem niet te laten trillen. Als Kent me niet komt doden, is er maar één andere verklaring voor zijn aanwezigheid: Esguerra is van gedachten veranderd. In dat geval moet ik me gedragen als de onschuldige burger die ik moet voorstellen.

'Ik wil je spreken,' zegt Kent met een vleugje geamuseerdheid in zijn stem. 'Ga je de deur nog opendoen of moeten we door tien centimeter staal heen praten?'

O, nee. Dat klinkt niet alsof Esguerra hem gestuurd heeft om me op te halen.

Snel ga ik mijn opties na. Ik kan mezelf hier opsluiten en hopen dat hij niet binnenkomt, maar dan neemt hij me te pakken als ik naar buiten kom, wat uiteindelijk toch nodig is. Het is beter erop te gokken dat hij niet weet wie ik ben en mijn dekmantel van vanavond weer aan te wenden.

'Waarom wil je met me praten?' Ik probeer tijd te rekken. Het is een redelijke vraag. Iedere vrouw zou in zo'n situatie voorzichtig zijn, niet alleen vrouwen die iets te verbergen hebben. 'Wat wil je?'

'Jou.'

Dat ene woord, gevormd door zijn diepe, mannelijke stem, raakt me als een vuistslag. Mijn longen stoppen met werken en ik staar met een irrationele paniek naar de deur. Blijkbaar had ik gelijk toen ik me afvroeg of hij me aantrekkelijk vond, of hij steeds naar me keek als gevolg van een primaire, biologische reactie.

Ja, natuurlijk. Hij wil me.

Ik dwing mezelf diep in te ademen. Dit is een opluchting, toch? Er is geen enkele reden om in paniek te raken. Al sinds mijn vijftiende zitten mannen achter me aan en inmiddels heb ik daar goed mee leren omgaan. Ik gebruik hun lust in mijn voordeel. Dit is niet anders dan normaal.

Maar Kent is harder, gevaarlijker dan de meesten.

Nee. Ik leg dat kleine stemmetje het zwijgen op en laat, nogmaals diep ademhalend, mijn wapen zakken. Vanuit mijn ooghoeken zie ik mezelf in de spiegel. Mijn blauwe ogen staan groot in een bleek gezicht. Een slordige knot houdt mijn haar bijeen, al vallen een paar losse lokken langs mijn hals. Gehuld in een zachte badjas, een pistool in mijn handen, lijk ik in de verste verte niet op de modebewuste jonge vrouw die Kents baas probeerde te verleiden.

Toch neem ik een besluit. 'Ogenblikje,' roep ik naar de deur. Ik kan Lucas Kent de toegang tot mijn studio ontzeggen - dat zou niet vreemd zijn, aangezien ik een vrouw alleen ben - maar het is slimmer om van de gelegenheid gebruik te maken om wat informatie te vergaren.

Ik kan er toch op zijn minst achter proberen te komen wanneer Esguerra vertrekt. Als ik dat aan Obenko doorgeef, maak ik mijn eerdere blunder deels weer goed.

Snel verberg ik het wapen in een kastje onder de spiegel in de hal en maak mijn haren los, zodat de dikke blonde strengen over mijn rug vallen. Mijn make-up had ik er al afgehaald, maar mijn huid is gaaf en mijn wimpers zijn donker, dus het kan er wel mee door. Eigenlijk lijk ik zo zelfs jonger en onschuldiger.

Een 'buurmeisje', zoals de uitdrukking heet.

Vol vertrouwen dat ik er redelijk fatsoenlijk uitzie, doe ik de deur van het slot. Het absurde bonzen van mijn hart negeer ik.

 ulia

ZODRA DE DEUR OPEN ZWAAIT, STAPT HIJ NAAR BINNEN.
Geen aarzeling, geen begroeting... Hij stapt gewoon
naar binnen.

Geschrokken zet ik een stap achteruit. De hal lijkt
ineens benauwend klein. Ik was vergeten hoe groot hij
is, hoe breed zijn schouders zijn. Ik ben lang - lang
genoeg om me als model voor te doen als de situatie
daarom vraagt - maar hij steekt nog een volle kop
boven me uit. In zijn dikke winterjack neemt hij bijna
alle ruimte in de hal in beslag.

Zonder iets te zeggen, sluit hij de deur achter zich
en komt op me af. Instinctief ga ik achteruit, alsof ik
een in de hoek gedreven prooi ben.

'Hallo, Yulia,' prevelt hij. Bij de doorgang naar de woon-/slaapkamer blijft hij staan. Zijn lichte ogen zijn op mijn gezicht gevestigd. 'Ik had niet verwacht je zo aan te treffen.'

Ik probeer mijn zenuwen weg te slikken. 'Ik ben net in bad geweest.' Ik wil kalm en zelfverzekerd overkomen, maar hij brengt me volledig uit mijn evenwicht. 'Ik had niet op bezoek gerekend.'

'Nee, dat zie ik.' Een vage glimlach verzacht de harde lijnen van zijn mond. 'Toch heb je me binnengelaten. Waarom?'

'Omdat ik geen zin had door de deur heen te praten.' Ik haal diep adem. 'Kan ik je een kopje thee aanbieden?' Aangezien hij voor iets heel anders gekomen is, klinkt het stom om te zeggen, maar ik heb een paar minuten nodig om me te herstellen.

Hij trekt zijn wenkbrauwen op. 'Thee? Nee, bedankt.'

'Mag ik dan je jas aannemen?' Ik gebruik beleefdheid als rookgordijn voor mijn onzekerheid. 'Hij lijkt me behoorlijk warm.'

Nu schijnt er geamuseerdheid door in die koele blik van hem. 'Zeker.' Hij trekt het donsjack uit en reikt het me aan. Eronder draagt hij een zwarte trui en een donkere spijkerbroek, die in zwarte sneeuwlaarzen gestoken is. De spijkerstof spant om zijn gespierde dijbenen en kuiten. Aan de riem is een pistool in een holster te zien.

Van die aanblik alleen al versnelt mijn ademhaling. Het kost me moeite mijn handen niet te laten trillen als ik de jas aanpak en in mijn kleine kast hang. Het is niet zozeer een verrassing dat hij gewapend is - het zou eerder verbazend zijn als dat niet het geval was geweest - maar het wapen is een overduidelijke herinnering aan wie Lucas Kent is.

Aan wat hij is.

Het maakt niet uit, houd ik mezelf voor. Ik ben gevaarlijke mannen gewend. Ik ben met ze opgegroeid. Deze man is niet heel anders. Ik ga met hem naar bed, peuter de informatie los die ik krijgen kan en dan verdwijnt hij uit mijn leven.

Zo simpel is het. Hoe eerder ik tot actie overga, hoe eerder het allemaal voorbij is.

Ik sluit de deur en plak een glimlach op mijn gezicht, klaar om mijn rol als zelfverzekerde verleidster aan te nemen.

Maar hij staat al naast me. Blijkbaar is hij zonder enig geluid te maken de hal door gelopen.

Mijn polsslag schiet opnieuw omhoog. Van mijn zojuist hervonden evenwicht is weinig meer over. Hij staat zo dicht bij me dat ik de grijze kleurschakeringen in zijn lichtblauwe ogen kan zien - zo dichtbij dat hij me zou kunnen aanraken.

En een seconde later doet hij dat ook.

Hij heft een hand en laat zijn knokkels langs mijn kaak glijden.

Ik staar hem aan, verrast door de directe reactie van mijn lichaam. Mijn huid wordt warm, mijn tepels worden hard. Mijn ademhaling versnelt. Het slaat nergens op dat deze harde, gewetenloze vreemdeling me opwindt. Zijn baas is knapper, indrukwekkender, maar mijn lichaam reageert op Kent. En hij heeft slechts mijn gezicht aangeraakt. Het zou me niets moeten doen, maar toch voelt het gebaar intiem aan.

Verontrustend intiem.

Ik slik nog een keer. 'Meneer Kent... Lucas, wil je echt niets drinken? Misschien koffie of...' De woorden worden abrupt afgebroken als hij in een kort, simpel gebaar aan de ceintuur van mijn ochtendjas trekt.

'Nee.' Hij kijkt toe hoe de ochtendjas openvalt en mijn naakte lichaam onthult. 'Geen koffie.'

Dan raakt hij me echt aan: zijn grote, harde hand sluit zich om mijn borst. Zijn vingertoppen voelen eeltig en ruw. Ze zijn koud van de buitenlucht. Zijn duim glijdt over mijn stijve tepel en diep vanbinnen voel ik een reactie, een aanzwellend verlangen dat even vreemd is als zijn aanraking.

Ik lik over mijn droge lippen en probeer niet ineen te krimpen. 'Je bent wel erg direct, hè?'

'Ik heb geen tijd voor spelletjes.' Zijn ogen glinsteren als hij opnieuw mijn tepel beroert. 'We weten allebei waarom ik hier ben.'

'Om seks met me te hebben.'

'Ja.' Hij verzacht niets, biedt me niets anders dan de brute waarheid. Zijn hand sluit nog altijd om mijn borst en lijkt zich daar volkomen in zijn recht voelen. 'Om seks met je te hebben.'

'En als ik weiger?' Ik weet niet eens waarom ik het vraag. Zo hoort het niet te gaan. Ik moet hem verleiden, niet hem op andere gedachten brengen.

Maar iets in mij komt in opstand tegen zijn terloopse aanname dat ik me zonder slag of stoot aan hem overgeef. Tegelijkertijd hebben andere mannen dat ook gedacht, en zat het me toen niet dwars. Ik weet niet waarom het ditmaal anders is, maar ik wil dat hij achteruitgaat, dat hij zijn hand van me afhaalt. Feitelijk wil ik dat zelfs zo graag dat ik mijn handen tot vuisten moet ballen om mezelf ervan te weerhouden hem te slaan.

'Ga je weigeren?' De vraag klinkt kalm. Zijn duim strijkt over mijn tepelhof. Ik probeer een antwoord te bedenken, maar hij laat een hand in mijn haren glijden en sluit hem in een bezitterig gebaar om de achterkant van mijn schedel.

Mijn adem stokt en ik kijk hem in de ogen. 'Wat als dat zo is?' Tot mijn afschuw klinkt mijn stem dun en angstig. Het is net of ik weer die maagd ben die in de kleedkamer door haar trainer in de hoek gedreven werd. 'Ga je dan weg?'

Een van zijn mondhoeken vormt zich tot een halve glimlach. 'Wat denk je?' Zijn greep verstrakt genoeg om net pijn te doen. De andere hand raakt mijn borst nog steeds teder aan, maar dat doet er niet meer toe.

Ik ken het antwoord al.

Daarom stribbel ik niet tegen als hij mijn borst loslaat en zijn hand over mijn buik naar beneden laat glijden. In plaats daarvan spreid ik mijn benen om hem mijn gladde, pas gewaxte kutje aan te laten raken. Als hij een harde, stompe vinger in me duwt, probeer ik me niet terug te trekken. Ik blijf staan en probeer mijn hijgende ademhaling onder controle te houden. Dit is niet anders dan welke andere opdracht ook.

Maar dat is het wel.

Dat wil ik niet, maar dat is het wel.

'Je bent nat,' prevelt hij als hij zijn vinger dieper in me duwt. 'Heel nat. Word je altijd zo nat van mannen die je niet wilt?'

'Waarom denk je dat ik je niet wil?' Gelukkig klinkt mijn stem nu sterker. De vraag is zacht maar geamuseerd en ik kijk hem recht aan. 'Ik heb je tenslotte binnengelaten, toch?'

'Je flirtte met *hem*.' Kents kaak verstrakt en zijn hand grijpt een grote lok haar. 'Eerder vanavond wilde je *hem*.'

'Dat klopt.' Die typische mannelijke uiting van jaloezie stelt me gerust. Dit is bekend terrein. Ik laat mijn stem zachter en verleidelijker klinken. 'En nu wil ik jou. Vind je dat erg?'

Kent knijpt zijn ogen samen. 'Nee.' Hij duwt een tweede vinger in me en legt zijn duim op mijn klit. 'Totaal niet.'

Ik wil iets gevats zeggen, een scherpe opmerking terug maken, maar dat lukt niet. De vlaag van genot die door me heen trekt, is zowel hevig als verrassend. Mijn innerlijke spieren trekken samen en omklemmen zijn ruwe vingers in me. Het kost me moeite om niet te kreunen. Onbewust sluit ik mijn handen om zijn onderarm. Ik weet niet of ik hem wil wegduwen of smeken door te gaan, maar dat maakt ook niet uit. Onder de zachte wollen trui voel ik stalen spieren. Ik kan zijn bewegingen niet beïnvloeden - ik kan hem alleen maar vasthouden terwijl hij met die harde, genadeloze vingers dieper in me dringt.

'Dat vind je lekker, hè?' prevelt hij. Hij kijkt me aan en ik snak naar adem als hij met zijn duim over mijn klit gaat: van links naar rechts, van boven naar beneden. Hij kromt zijn vingers in me en ik onderdruk opnieuw een kreun als hij een plek raakt die mijn genot nog verder verhevigt. Ik voel de spanning opbouwen, het genot groeien en intenser worden... Ongelofelijk genoeg sta ik op het punt om klaar te komen.

Normaal gesproken reageert mijn lichaam traag, maar nu bonst het van verlangen naar de aanraking van een man die me beangstigt. Het is een ontwikkeling die me zowel verbijstert als verontrust.

Ik weet niet of hij het aan me kan zien of dat hij de spanning in mijn lichaam voelt, maar zijn pupillen worden groter, wat zijn lichte ogen donkerder maakt. 'Ja, zo.' Zijn stem is nu een laag, zwaar gebrom. 'Kom klaar voor me, schoonheid.' Hij duwt met zijn duim hard op mijn klit. 'Precies zo.'

En dat doe ik ook. Met een hese kreun kom ik om zijn vingers heen klaar. De harde randen van zijn korte nagels steken in mijn trillende huid. Mijn blik vervaagt en mijn huid prikt als ik de vloedgolf aan sensaties over me heen laat spoelen. Dan zak ik ineen, alleen ondersteund door zijn hand in mijn haar en zijn vingers in me.

'Juist,' zegt hij hees. Als ik weer kan focussen, zie ik dat hij me scherp aanstaart. 'Dat was lekker, toch?'

Ik kan niet eens meer knikken, maar dat lijkt hij ook niet nodig te hebben. En waarom zou hij ook? Ik voel dat ik nat ben, voel het vocht zijn ruwe, mannelijke vingers omgeven - die hij nu uit me trekt, zijn blik nog steeds op de mijne gericht. Ik wil mijn ogen sluiten of mijn blik afwenden van die doordringende ogen, maar dat kan ik niet.

Dan laat ik hem weten hoezeer hij me beangstigt.

Dus in plaats van me terug te trekken, neem ik hem helemaal in me op. Ik zie de opwinding op zijn sterke trekken. Zijn kaak staat strak en een klein spiertje bonst onder zijn rechteroor. Zijn zongebruinde huid slaagt er niet in de blos op zijn jukbeenderen te verbergen.

Hij wil me, graag zelfs - en die gedachte geeft me kracht.

Ik reik naar de harde zwelling in zijn spijkerbroek. 'Het was zeker lekker,' fluister ik, mijn blik nog altijd op zijn gezicht gericht. 'Nu is het jouw beurt.'

Zijn pupillen worden nog groter en zijn borst komt omhoog als hij diep inademt. 'Ja.' Lust klinkt door in zijn stem als hij me aan mijn haren naar zich toe trekt. 'Dat denk ik ook.' Voor ik kan nagaan of mijn boude opmerking wel zo slim was, buigt hij zijn hoofd en bedekt met zijn mond de mijne.

Als ik verrast naar adem snak, maakt hij meteen van de gelegenheid gebruik om de kus te verdiepen. Zijn mond is verrassend zacht. Zijn lippen zijn warm en glad, terwijl zijn tong hongerig mijn mond verkent. De kus smaakt naar ervaring en zelfvertrouwen. Het is de kus van een man die weet hoe hij een vrouw genot moet bezorgen, die weet hoe hij haar met niets anders dan zijn lippen kan verleiden.

De hitte in mijn binnenste wakkert aan en de spanning stijgt opnieuw. Ik sta zo dicht bij hem dat mijn naakte borsten tegen zijn trui duwen. De wol strijkt over mijn harde tepels. Door het ruwe materiaal van zijn spijkerbroek heen voel ik zijn erectie. Hij duwt tegen mijn buik en verraadt hoezeer hij me wil, hoe fragiel zijn voorwendsel van zelfbeheersing daadwerkelijk is. Vaag merk ik dat mijn ochtendjas van mijn schouders glijdt, waardoor ik volkomen naakt ben. Maar dat vergeet ik gauw genoeg als hij een hees geluid maakt en me tegen de muur duwt.

De kou tegen mijn rug haalt me heel even uit mijn betovering, maar hij is al bezig zijn spijkerbroek open te ritsen. Intussen duwt hij met zijn knieën mijn benen uiteen. Ik hoor het scheurende geluid van een folieverpakking. Dan pakt hij mijn achterste en tilt me van de grond. Met bonzend hart grijp ik in een instinctief gebaar zijn schouders vast. Hij beveelt op hese toon: 'Sla je benen om me heen.' En terwijl hij me aan blijft kijken, laat hij me op zijn stijve penis zakken.

Zijn stoot is hard en diep en neemt me helemaal. Mijn adem stokt bij het voelen van zijn kracht, zijn brute invasie. Mijn binnenste spieren trekken samen in een zinloze poging hem te weren. Zijn penis is uitstekend in verhouding met de rest van zijn grote lichaam. Hij is zo lang en dik dat het bijna pijn doet. Als ik niet zo nat was geweest, had hij me pijn gedaan. Maar nat ben ik zeker, dus na een paar seconden ontspant mijn lichaam en staat het zijn omvang toe. Onbewust klem ik mijn benen om zijn heupen, zoals hij me opdroeg, waardoor hij nog dieper in me dringt. Ik schreeuw het uit als hij me tot in mijn kern raakt.

Zijn ogen glinsteren als hij in me begint te bewegen. Elke stoot is even hard als degene die ons samenvoegde, maar mijn lichaam stribbelt niet langer tegen. In plaats daarvan produceert het meer vocht om hem makkelijker toegang te verlenen. Iedere keer dat hij in me ramt, schuurt zijn kruis tegen mijn klit. De spanning in mijn kern keert terug en groeit bij iedere stoot. Verbijsterd besef ik dat ik op het punt sta opnieuw klaar te komen... en dan bereikt de spanning in mijn binnenste een hoogtepunt en raast mijn orgasme door me heen, zodat ik niet meer kan denken, alleen nog maar kan voelen.

Ik voel mezelf schokken, voel mijn spieren samentrekken om zijn penis heen. Dan stopt hij met stoten en wordt zijn blik wazig. Met een diepe, hese kreun schuurt hij tegen me aan. Mijn orgasme heeft hem over het randje gedreven.

Hijgend staar ik hem aan. Zijn lichtblauwe ogen krijgen hun focus terug en richten zich op mij. Hij bevindt zich nog steeds in me en ineens kan ik die intimiteit niet meer aan. Hij is niemand, een vreemdeling, maar hij heeft me wel geneukt.

Hij heeft me geneukt en ik heb het toegestaan, want dat is mijn werk.

Ik slik en duw tegen zijn borst, mijn benen losmakend van zijn middel. 'Laat me alsjeblieft zakken.' Ik weet dat ik zijn ego zou moeten strelen en moeten vleien. Ik zou moeten zeggen dat het geweldig was, dat hij me meer genot heeft bezorgd dan wie ik tot dusver ook gehad heb. En dat zou niet eens een leugen zijn - ik ben nog nooit twee keer achter elkaar klaargekomen als ik met een man vree. Maar ik kan mezelf er niet toe dwingen dat te zeggen. Ik voel me te rauw, te overweldigd.

Bij deze man heb ik de touwtjes niet in handen en dat maakt me bang.

Ik weet niet of hij dat aanvoelt of dat hij gewoon met me wil spelen, maar om zijn lippen verschijnt een spottend glimlachje.

'Het is te laat om spijt te hebben, schoonheid,' prevelt hij. Voor ik iets kan zeggen, laat hij me zakken en haalt hij zijn handen van mijn achterste. Mijn ademhaling is nog altijd niet gekalmeerd. Zijn nu slapper wordende penis glijdt uit me als hij achteruit stapt en ik kijk toe als hij het condoom nonchalant op de vloer laat vallen.

Om de een of andere reden voel ik me daardoor helemaal ongemakkelijk. Het voelt zo verkeerd, zo smerig, nu ik dat condoom daar zie liggen. Eigenlijk voel ik me net als dat ding: gebruikt en gedumpt. Als ik mijn badjas op de vloer zie liggen, loop ik erheen, maar Lucas legt een hand op mijn arm.

'Wat doe je?' vraagt hij. Het lijkt hem totaal niet te interesseren dat zijn broek openstaat en zijn penis er nog uit hangt. 'We zijn nog niet klaar.'

Mijn hart slaat over. 'O, nee?'

'Nee,' zegt hij, en hij loopt op me af. Geschokt voel ik hem groeien als hij zijn kruis tegen mijn buik duwt. 'Nog helemaal niet.'

Met diezelfde hand om mijn arm duwt hij me richting het bed.

4

 ulia

Allerlei gedachten dwarrelen door mijn hoofd als ik vanaf het randje van het bed naar Lucas kijk, die zich uitkleedt.

Eerst trekt hij zijn trui uit, een nauwsluitend T-shirt onthullend dat om zijn gespierde borst spant. Dan trekt hij zijn schoenen uit en duwt zijn spijkerbroek en zwarte ondergoed naar beneden. Zijn benen zijn even krachtig als ze al leken, gespierd en gebruind, net als zijn gezicht. Zijn penis is alweer hard en steekt naar voren vanuit een pluk donkerblond haar in zijn kruis. Als hij zijn T-shirt uittrekt, zie ik scherp afgetekende buikspieren en een gebeeldhouwde borst.

Lucas Kent heeft het lichaam van een atleet: beeldschoon in zijn brute kracht.

Terwijl ik toekijk, bespeur ik in mezelf de neiging hem aan te raken. Niet om hem genoegen te doen of omdat het van me verwacht wordt, maar omdat ik het wil. Ik wil weten hoe zijn spieren aanvoelen onder mijn vingertoppen, voelen of zijn gebronsde huid zacht of juist ruw is. Ik wil mijn tong over zijn hals laten glijden, naar het kuiltje boven zijn sleutelbeen, om erachter te komen hoe die warme huid smaakt.

Het slaat nergens op, maar ik wil hem. Hoewel ik geschaafd ben vanbinnen door zijn ruwe manier van vrijen en ondanks dat hij niet meer dan een opdracht zou moeten zijn, wil ik hem.

Hij stapt uit zijn broek en onderbroek en schopt ze opzij. Dan loopt hij op me af. Ik beweeg niet. Ik kan nauwelijks ademhalen. Als hij bij me is, laat hij zich op zijn hurken zakken. 'Ga liggen,' prevelt hij. Hij pakt mijn kuiten en voor ik doorheb wat hij doet, trekt hij me naar zich toe tot mijn achterste half buiten het bed hangt.

'Wat doe...' begin ik, maar hij negeert me en duwt me met één sterke hand tegen de matras. Ik laat me met bonzend hart op mijn rug vallen. Dan voel ik het.

Zijn warme adem tegen mijn schaamlippen als hij mijn benen uiteen duwt.

Mijn ademhaling versnelt en hitte welt in me op als hij een kus erop drukt. Zijn lippen voelen zacht en teder aan. Hij oefent nauwelijks druk uit op mijn klit, maar die is al zo gevoelig van mijn eerdere orgasmes dat zelfs die lichte aanraking mijn zenuwuiteinden op scherp zet. Naar adem snakkend krom ik mijn rug. Hij lacht zachtjes en het lage, mannelijke geluid stuurt trillingen door mijn lichaam, wat mijn opwinding alleen maar versterkt.

'Lucas, wacht.' Al dat verlangen maakt me paniekerig, waardoor mijn stem nauwelijks meer is dan een ademloze fluistering. Het plafond vervaagt. 'Wacht, niet doen...'

Maar hij negeert me opnieuw en laat zijn tong over mijn klit glijden, tussen mijn schaamlippen door mijn vagina in. Als hij me met zijn tong begint te neuken, vergeet ik wat ik wilde zeggen. Ik vergeet alles. Mijn ogen vallen toe en de wereld om me heen verandert, waardoor er alleen nog duisternis is - en het gevoel van zijn tong in mijn doorweekte kutje. Het vuur in mijn binnenste is laaiend en ik ben zo nat en gezwollen dat zijn tong even groot voelt als zijn penis. Maar hij is zachter en flexibeler en als hij hoger gaat, richting mijn klit, span ik onbewust mijn spieren aan, als een snaar die steeds verder opgespannen wordt.

'Lucas, alsjeblieft...' Het is een hese smeekbede. Ik weet niet wat ik vraag, maar hij wel - want hij sluit zijn lippen om mijn bonzende klit en begint erop te zuigen. Zachtjes, voorzichtig laat hij zijn tong er aan de onderzijde mee spelen. En dat is genoeg. Meer dan genoeg. Mijn tenen krullen en de spanning in me balt samen als ik me omhoog duw. Dan kom ik met een gesmoorde kreet klaar. Mijn orgasme raast met denderende kracht door me heen. Iedere cel van mijn lichaam vult zich met het pulserende genot van mijn ontlading en mijn hart lijkt haast te ontploffen.

Voor ik tot mezelf kan komen, draait hij me om, zodat ik over het bed gebogen lig. Ik hoor opnieuw het geluid van scheurende folie en een seconde later rijgt hij me aan zijn penis, me oprekkend en vullend. Ik snak naar adem en klauw in de lakens als hij een hard, snel ritme inzet, zo hard dat het pijn doet - maar mijn lichaam voelt dat niet echt meer. Het voelt alleen nog verlangen. De sensaties die hij in mijn lichaam oproept, overspoelen me en maken me dronken. Zijn stoten duwen mijn klit tegen de rand van de matras en de ritmische druk bouwt zich op tot ik opnieuw klaarkom, zijn naam schreeuwend. Maar hij stopt niet.

Hij blijft me neuken, zijn vingers in mijn heupen borend terwijl hij zijn brute ritme volhoudt.

Als ik wakker word, liggen we in elkaar verstrengeld, aan elkaar geplakt van het zweet. Ik kan me niet herinneren dat ik in zijn armen in slaap ben gevallen, maar dat moet wel, want daar bevind ik me nu: omringd door zijn sterke lichaam.

Het is nog donker en hij slaapt. Ik hoor zijn gelijkmatige ademhaling en voel het rijzen en dalen van zijn borst nu ik zo met mijn hoofd op zijn schouder lig. Mijn mond is droog en mijn blaas vol, dus probeer ik me onder zijn zware arm uit te wurmen - die meteen verstrakt.

'Waar ga je heen?' Lucas' stem klinkt hees van de slaap.

'Naar de badkamer,' leg ik voorzichtig uit. 'Ik moet plassen.'

Hij tilt zijn arm op en haalt zijn been van de mijne. 'Goed. Ga maar.'

Als ik wat ben opgeschoven, ga ik rechtop zitten. Het beurse gevoel in mijn binnenste laat me even ineenkrimpen. Ik heb geen idee hoe lang hij me de tweede keer heeft afgeneukt, maar het kan best een uur of langer zijn geweest. Uiteindelijk ben ik de tel kwijt geraakt hoe vaak ik ben klaargekomen – mijn orgasmes smolten samen tot een oneindige golf pieken en dalen.

Mijn benen trillen als ik opsta en de spieren aan de binnenkant van mijn dijen zijn verzuurd. Nadat hij me van achteren genomen had, draaide hij me om en hield mijn enkels vast, mijn benen uiteen duwend terwijl hij me in stootte, zo diep dat ik hem smeekte te stoppen. Maar dat deed hij natuurlijk niet. Hij verschoof alleen zijn heupen iets zodat hij de hoek waarin hij stootte veranderde - daardoor raakte hij weer dat gevoelige plekje in mijn binnenste en vergat ik prompt de pijn, verloren in het overweldigende genot van zijn harde overmeestering.

Ik haal diep adem en keer terug naar het heden. Momenteel heb ik een andere behoefte. Beverig loop ik naar de badkamer om te gaan plassen. Daarna was ik mijn handen, poets mijn tanden en gooi koud water in mijn gezicht om mijn kalmte te herwinnen.

Niets aan de hand, houd ik mezelf voor als ik in de spiegel zie hoe bleek ik ben. Alles gaat zoals gepland. Goede seks is een bonus, geen probleem. Wat maakt het uit of mijn lichaam zo op deze gewetenloze vreemdeling reageert? Het heeft niets te betekenen. Het is gewoon neuken, een betekenisloze, fysieke daad.

Maar met hem is het niet betekenisloos.

Nee. Ik sluit mijn ogen om dat stemmetje te verdringen en gooi meer water in mijn gezicht om de twijfels weg te spoelen. Er is werk aan de winkel en deze nacht is gewoon een leuke bijkomstigheid bij dat werk.

Er is niets mis met ervan genieten - zolang ik er maar geen betekenis aan hecht.

Ik voel me iets meer mezelf en loop terug naar het bed, waar Lucas op me wacht. Zodra ik ga liggen, trekt hij me tegen zich aan en trekt een deken over ons heen. Ik zucht van verrukking als zijn warmte me omringt. Die man is net een kachel. Hij is zo warm dat ik het meteen lekker warm heb en de altijd aanwezige kilte in mijn appartement op afstand blijft.

'Wanneer vertrekken jullie?' vraag ik zacht als hij me het gemakkelijk maakt, met mijn hoofd op zijn uitgestoken arm en zijn andere arm om mijn heup. Dat is wat ik wil weten. Dat is wat ik Obenko verschuldigd ben voor mijn falen. Toch voel ik me ongemakkelijk als ik op Lucas' antwoord wacht.

Dat vleugje emotie is toch geen spijt dat hij moet gaan?

Dat slaat nergens op.

Lucas wrijft langs mijn oor. 'Morgenochtend,' fluistert hij. Zijn tanden schrapen over mijn oorlelletje. Zijn adem bezorgt me een warme rilling. 'Ik moet over een paar uur weg.'

'O.' Ik negeer een irrationele vlaag van droefenis en reken het snel uit. Volgens de digitale klok op mijn nachtkastje is het iets na vieren. Als hij tegen zes uur weg moet, vertrekt hun vliegtuig dus tegen acht of negen uur morgenochtend.

Obenko heeft weinig tijd voor wat hij Esguerra ook wil aandoen.

'Kun je niet langer blijven?' Ik laat mijn lippen over Lucas' uitgestrekte arm glijden. Het is typisch het soort vraag dat een vrouw die iets voor een man voelt zou stellen, dus ik ben niet bang dat het verdacht klinkt.

Hij lacht zacht. 'Nee, schoonheid, dat kan niet. Daar moet je blij mee zijn...' zijn arm verschuift en zijn hand glijdt naar de warme plek tussen mijn benen, '...aangezien je zei al zo beurs te zijn.'

Ik slik als ik terugdenk aan mijn smeekbede om genade aan het einde van die marathonsessie, omdat mijn binnenste zo schrijnde van al die seks. Bizar genoeg voel ik een vleugje nieuwe opwinding bij die gedachte - en die grote, sterke hand tussen mijn benen.

'Ik ben ook beurs,' fluister ik, onzeker of ik wil dat hij stopt of juist doorgaat.

Tot mijn opluchting en teleurstelling tegelijk legt hij zijn hand weer op mijn heup, ook al voel ik zijn penis hard worden tegen mijn achterste. Die man is een seksmachine, onverzadigbaar. De informatie die ik heb, heeft me verteld dat hij vierendertig is. De meeste mannen willen na hun tienerjaren niet zo vaak seks in een nacht. Eén keer, misschien twee keer. Maar drie keer? Zijn penis zou niet zo makkelijk weer hard moeten worden.

Ik vraag me af hoelang het geleden is dat Lucas Kent een vrouw heeft gehad.

'Kom je snel weer terug?' Ik zet alle gedachten aan zijn uithoudingsvermogen opzij. Het is absurd, maar bij het idee van hem met een andere vrouw - die hij evenveel genot schenkt als hij mij geschonken heeft - trekt mijn maag op een onprettige manier samen.

'Geen idee,' zegt hij. Hij verschuift iets zodat zijn half-stijve penis wat gemakkelijker tegen mijn achterste rust. 'Misschien ooit.'

'Ik begrijp het.' Ik staar de duisternis in en vecht tegen het deel van mij dat wil huilen als een kind wiens favoriete speeltje is afgepakt. Dit is niet echt. Niets hieraan is echt. Zelfs als ik echt een tolk was, was dit niet meer dan een onenightstand. Maar ik ben niet het zorgeloze, makkelijke meisje dat ik speel. Onze vrijpartijen waren niet voor de lol; ik heb het gedaan om informatie los te weken. En nu ik die heb, moet ik die meteen aan Obenko doorgeven.

Als Lucas' ademhaling rustiger wordt, besef ik dat hij weer in slaap gevallen is. Voorzichtig reik ik naar mijn telefoon. Die ligt een metertje verder op het nachtkastje. Het lukt me het ding te pakken zonder Lucas wakker te maken, die me nog steeds tegen zich aan houdt. Ik negeer het strakke gevoel in mijn borst en tik een gecodeerd berichtje naar Obenko om hem te laten weten dat Kent bij mij is en hoe laat ze waarschijnlijk vertrekken.

Als mijn baas van plan is Esguerra iets aan te doen, is dit het beste moment, nu in elk geval een van Esguerra's mannen afwezig is.

Zodra het berichtje verstuurd is, wis ik het uit mijn telefoon en leg de mobiel terug op het nachtkastje. Dan sluit ik mijn ogen en dwing mezelf tegen Lucas' harde lichaam te ontspannen.

Mijn opdracht is afgerond, wat er verder ook gaat gebeuren.

5

IK WORD WAKKER MET HET ONBEKENDE GEVOEL VAN EEN slank lichaam in mijn armen en de vage geur van perziken. Als ik mijn ogen open, zie ik een verwarde bos blond haar op het kussen liggen en een slanke, blanke schouder boven het dekbed uitsteken.

Heel even verrast die aanblik me, maar dan herinner ik me het weer.

Ik ben bij Yulia Tzakova, de tolk die de Russen gisteren ingeschakeld hadden om het overleg te tolken.

De herinneringen van gisteravond wellen in me op en zetten me in vuur en vlam.

Jezus, wat was dat geil. Heel erg geil. Verzengend.

Alles aan haar was perfect en de seks zo intens dat

alleen de gedachte eraan me al hard maakt. Ik weet niet wat ik verwachtte toen ik voor haar deur stond, maar dat was het in elk geval niet.

Het hele overleg lang had ik al naar haar zitten kijken, genietend van de manier waarop ze moeiteloos vertaalde. Haar stem was zacht en vrijwel accentloos. Het was geen verrassing dat ze mijn aandacht trok. Ik heb altijd al van lange blondines met mooie benen gehouden en Yulia Tzakova is ontzettend mooi, met haar heldere blauwe ogen en fijne gezichtsstructuur. Ze had slechts een paar hapjes op, maar leek wel van de thee te genieten. Ik merkte dat ik steeds naar haar roze, glanzende lippen om de rand van haar porseleinen kopje zat te kijken, evenals naar de gladde, bleke huid van haar keel als ze slikte. Ik wilde die lippen om mijn penis voelen en haar mijn sperma zien doorslikken. Ik wilde haar elegante kleding uittrekken en haar over de tafel leggen, mijn vuist in die lange, zijdezachte haren terwijl ik in haar stootte, haar neukend tot ze schreeuwend klaarkwam.

Ik wilde haar - en zij leek alleen ogen te hebben voor Esguerra.

Zelfs nu bezorgt de wetenschap dat ze met mijn baas flirtte me nog een bittere smaak in mijn mond. Het zou me niet uit moeten maken. Esguerra is altijd al aantrekkelijk geweest voor vrouwen en ik heb daar nog nooit problemen mee gehad. Meestal vind ik het zelfs amusant als ik zie hoe vrouwen zich op hem werpen, zelfs als ze vermoeden hoe hij werkelijk in elkaar steekt. Zelfs zijn nieuwe echtgenote - een leuk, klein Amerikaans meisje dat hij twee jaar geleden ontvoerd heeft - lijkt voor hem gevallen te zijn. Het is dus niet meer dan logisch dat Yulia met hem zou flirten - of dat is in elk geval wat ik mezelf voorhield toen ik haar steeds naar Esguerra zag kijken.

Als ze hem wilde, mocht ze hem hebben.

Maar hij wilde haar niet. Dat verraste me, hoewel ik hem de afgelopen twee jaar met geen enkele vrouw heb zien aanpappen. Hij ging vaak naar zijn privé-eiland. Pas een paar maanden geleden kwam ik erachter dat hij daar zijn Amerikaanse meisje vasthield, met wie hij nu getrouwd is. Dat meisje - Nora - moet al die tijd in zijn behoeften voorzien hebben. Dat zal ze nog steeds doen, en goed ook, want Esguerra heeft Yulia geen blik waardig gekeurd.

Ik wilde haar ook vergeten , maar hij vroeg me haar te fouilleren. Daar stond ze, huiverend in haar elegante jas, en ik mocht aan haar zitten, mijn handen over haar lichaam laten glijden om te voelen of ze geen wapens bij zich had. Die waren er niet, maar haar ademhaling veranderde toen ik haar aanraakte. Ze keek me niet aan en bewoog niet, maar ik hoorde dat haar adem even stokte en zag dat er een blos op haar wangen verscheen. Tot die tijd dacht ik dat ze zich niet van mij als man bewust was, maar op dat moment besefte ik dat het wel zo was - en dat ze tegen die aantrekkingskracht aan het vechten was. Dus toen Esguerra haar uitnodiging afwees, besloot ik impulsief haar een bezoekje te brengen.

Gewoon voor één nacht, om het vuur te blussen.

Haar adres was niet moeilijk te achterhalen - één telefoontje naar Buschekov was genoeg - en toen ik aanbelde, verwachtte ik dezelfde beheerste, zelfverzekerde jonge vrouw aan te treffen die met mijn baas geflirt had.

Maar dat was niet de vrouw die de deur opende.

Het was een meisje, nauwelijks haar tienertijd ontgroeid, haar knappe gezicht vrij van make-up en haar lange, slanke lichaam in een bijzonder onelegante badjas gehuld. Ze liet me binnen toen ik haar expliciet zei wat ik wilde, maar de blik in haar blauwe ogen was die van een opgejaagd hert. Heel even vroeg ik me af of ze wel wilde dat ik binnenkwam; ze leek even nerveus als een konijn tegenover een vos. Haar zenuwen waren bijna tastbaar en ik vroeg me af of ik een vergissing had begaan door naar haar toe te komen, dat ik haar ervaring of interesse in mij verkeerd had ingeschat.

Slechts één aanraking, hield ik mezelf voor toen ze mijn jas aanpakte. Slechts één aanraking en als ze me dan niet wilde, zou ik vertrekken. Ik heb nog nooit van mijn leven een vrouw gedwongen en ik was niet van plan met dit meisje te beginnen - een meisje dat vreemd genoeg onschuldig leek, ondanks haar corrupte connecties bij het Kremlin.

Een meisje waar ik steeds heviger naar verlangde.

Ik had mezelf voorgehouden dat het bij die ene aanraking zou blijven, maar zodra ik haar aanraakte, wist ik dat het een leugen was geweest. Haar romige huid was zo zacht als die van een baby, de botten van haar kaak zo teer dat ze haast breekbaar leken. Mijn hand leek bruin en grof tegenover haar bleke perfectie, mijn palm zo groot dat ik met een stevige greep van mijn vingers haar gezicht zou kunnen verpletteren.

Ze bleef doodstil staan toen ik haar aanraakte. Ik zag haar hartslag in haar hals. Toen ik haar fouilleerde, rook ze naar duur parfum, maar nu niet meer. Terwijl ze zo blozend voor me stond, rook ze naar perziken en onschuld. Het moest uiteraard haar badschuim zijn, maar toch liep het water me in de mond bij de gedachte aan haar te likken, die frisse, fruitige huid te proeven.

Te zien wat zich onder die grote, onaantrekkelijke badjas bevond.

Ze zei iets over drinken, of koffie, maar ik hoorde haar nauwelijks. Al mijn aandacht was gevestigd op de streep bleke huid die boven haar badjas zichtbaar was. 'Nee,' zei ik automatisch, 'geen koffie.' Toen reikte ik naar de ceintuur van haar badjas. Mijn handen leken een eigen wil te hebben.

Het kledingstuk zakte opzij en onthulde een lichaam dat recht uit mijn natte dromen leek te komen. Hoge, volle borsten met harde roze tepels, een middel waar ik mijn handen omheen kon sluiten, licht glooiende heupen en oneindig lange benen. Tussen die benen: nog geen haartje, alleen haar gladde, kale kutje.

Mijn penis werd meteen zo hard dat het pijnlijk was.

Ze bloosde nog meer, een roze gloed op haar gezicht en borst - en daar ging het laatste restje zelfbeheersing dat ik nog had. Ik liet een hand over haar borst glijden, streelde haar tepel, en zag dat haar pupillen groter werden, wat haar blauwe ogen donkerder maakte.

Ze reageerde op me. Misschien was ze nog steeds bang, maar ze reageerde wel.

Het was nauwelijks merkbaar, maar ik merkte het toch. Al was er een bom naast ons afgegaan, dan had ik haar nog niet kunnen verlaten.

'Je bent wel erg direct, hè?' fluisterde ze, en mijn antwoord was dat ik geen tijd had voor spelletjes. Dat was waar - alleen al omdat de begeerte die ik voelde intenser en heviger was dan ooit. Ik had alles gedaan om haar te hebben, had elke grens overschreden... wat voor misdaad dan ook begaan.

'En als ik weiger?' vroeg ze met een trilling in haar stem. Het kostte me grote moeite om te vragen of dat was wat ze wilde zeggen. Maar ik slaagde erin om mijn toon rustig te houden, terwijl ik eerst met haar tepel speelde en toen mijn hand in haar haren liet glijden. Een direct antwoord kreeg ik niet. In plaats daarvan vroeg ze me wat ik dan zou doen. Of ik weg zou gaan.

'Wat denk je?' zei ik om tijd te rekken. Ik probeerde het juiste antwoord te bedenken, maar ze zei verder niets. Ze moet mijn heftige lust aangevoeld hebben, want ze daagde me niet langer uit. Ik zag de acceptatie in haar ogen, voelde dat ze zich naar me toe boog, alsof ze me toestemming gaf.

Daarom raakte ik haar aan, bevoelde de zachte, vochtige hitte tussen haar benen.

Toen ik mijn vinger in haar strakke kutje stak, besefte ik hoe nat ze was.

Ze wilde me wel degelijk - tenzij dat vocht niet voor mij bedoeld was.

Misschien dacht ze aan Esguerra.

Die gedachte vulde me met een duistere woede. 'Word je altijd zo nat van mannen die je niet wilt?' Ik was nauwelijks in staat mijn irrationele jaloezie te verbergen. Toen zei ze dat ze mij wilde. Eerst wilde ze Esguerra, maar nu wilde ze mij.

'Vind je dat erg?' vroeg ze. Voor het eerst sinds ik haar appartement was binnengestapt, leek ze weer op de ervaren, zelfverzekerde vrouw van het restaurant, in plaats van het bange meisje dat de deur open had gedaan.

De tegenstelling fascineerde me en wond me op, ondanks de woede die door me heen bleef razen. 'Nee,' zei ik, een vinger in haar gladde kutje duwend en met mijn duim haar klit strelend. 'Totaal niet.'

Haar blik werd zacht en ongefocust en haar nog natter wordende kutje omklemde mijn vingers. Met beide handen greep ze mijn arm alsof ze me wilde tegenhouden, maar de rest van haar lichaam verwelkomde mijn aanraking. Zorgvuldig nam ik elke uitdrukking op haar gezicht in me op, absorbeerde elke kreun, terwijl ik met mijn vingers haar klit en kutje bewerkte. Ze reageerde zo goed op me dat ik razendsnel doorhad wat ze lekker vond, wat haar nog natter maakte. Ik voelde haar spanning, hoorde haar hijgen - en het maakte mijn penis zo hard dat ik het gevoel kreeg op springen te staan.

'Ja, zo.' Ik duwde hard op haar klit. 'Kom klaar voor me, schoonheid. Precies zo.'

En dat deed ze ook. Haar blik richtte zich op oneindig; haar kutje melkte mijn vingers. Ik hield haar vast tot haar orgasme voorbij was, mijn hand nog steeds in haar zijdezachte haren, en toen zei ik tevreden: 'Juist. Dat was lekker, toch?'

Eerst reageerde ze niet. Even vroeg me af of ik haar verkeerd begrepen had, of ik haar op de een of andere manier toch gedwongen had. Maar toen nam ze door mijn spijkerbroek heen mijn ballen in haar hand. 'Het was zeker lekker,' fluisterde ze, haar blik op mijn gezicht gericht. 'Nu is het jouw beurt.'

Meer uitnodiging had ik niet nodig. Ik voelde me als een dier dat vrijgelaten wordt, maar toch was onze kus nog relatief beheerst. Ik proefde haar lippen in plaats van ze te verslinden, waar ik eigenlijk naar snakte. Haar mond was verrukkelijk, als warme thee en honing, waardoor ik heel even kon volhouden dat ik geen wellustige wilde was.

Maar dat was ik wel - en toen haar badjas van haar schouders gleed, brak er iets in me. Ruw duwde ik haar tegen de muur. Alleen twintig jaar ervaring herinnerde me eraan dat ik een condoom moest omdoen. Toen tilde ik haar op en stootte in haar, ondertussen bevelend dat ze haar benen om mijn middel moest slaan. Ik kon gewoon niet langer wachten.

Ze was strak, zo strak en zo heet dat ik bijna meteen was klaargekomen - vooral toen haar kutje om me heen samentrok als reactie op mijn brute binnendringing. Ik was even bang dat ik haar pijn had gedaan en stopte. Maar toen sloeg ze haar benen om mijn heupen en kon ik haar echt goed neuken, gedreven door een honger die intenser was dan welk verlangen dat ik eerder ook had ervaren. Ik wilde me zo diep in haar begraven dat ik er nooit meer uit zou komen, haar zo hard nemen dat ik haar zou brandmerken.

Terwijl ik haar neukte, hield ik mijn ogen op haar gezicht gevestigd, waardoor ik precies zag wanneer ze klaarkwam. Haar ogen vlogen open alsof ze verrast was en toen begon haar kutje ritmisch mijn stijve penis te omklemmen. Het gevoel was zo intens dat ik mijn eigen orgasme niet bedwingen kon. Vanuit mijn ballen barstte het los en voerde me mee. Ik schuurde tegen haar aan om zo diep als mogelijk in haar te komen, met haar samen te komen in dit explosieve, verbluffende genot.

Het was het beste orgasme van mijn leven. Ik voelde me high door haar smaak, door háár. Even dacht ik dat zij hetzelfde voelde, maar toen duwde ze tegen mijn borst. 'Laat me alsjeblieft zakken,' zei ze met een vreemde uitdrukking op haar gezicht. Het was alsof ze een emmer ijswater over mijn hoofd dumpte.

Ik had haar twee keer tot een orgasme gebracht en ze keek me aan alsof ik haar verkracht had.

Alsof ik haar verdomme in een steegje tegen een muur gedwongen had.

Vanbinnen verhardde ik, verwrongen mijn gevoelens. Met een spottende lach zei ik: 'Het is te laat om spijt te hebben, schoonheid.' Ik liet haar zakken en dwong mezelf haar mooie, goedgevormde achterste los te laten. Mijn penis gleed uit haar toen ik naar achteren stapte en het condoom, gevuld met mijn zaad, gleed naar beneden.

Ik trok het van mijn penis en gooide het op de grond. Haar ogen volgden de beweging en ze bloosde opnieuw. Blijkbaar schaamde ze zich voor wat er was gebeurd, wat mijn woede aanwakkerde.

Ze had me binnen gevraagd, zei dat ze me wilde - haar hele lichaam zei me verdomme dat het me wilde - en nu gedroeg ze zich alsof ze een enorme fout had begaan.

Alsof ze niet snel genoeg van me af kon komen.

Vergeet het maar. Mijn bloed kookte in een combinatie van woede en een nieuwe vlaag van lust. Als ze dacht dat ze daarmee weg kwam, had ze het 100 procent bij het verkeerde eind.

Ik was van plan haar de rest van de nacht te laten zien hoe verkeerd ze zat. Daarom likte ik haar kutje en neukte haar vervolgens tot ze me smeekte te stoppen, tot haar stem hees was van het schreeuwen als ze klaarkwam en mijn penis geschaafd aanvoelde omdat ik haar zo vaak had genomen. Ik liet haar meer dan vijf keer klaarkomen voor ik mezelf mijn tweede ontlading toestond - en ik moest mezelf beheersen haar niet nog een derde keer te nemen toen ze opstond om te gaan plassen.

Onmogelijk genoeg wilde ik nog meer.

Dat wil ik nog steeds.

Kolere. Ik zei tegen Yulia dat ik ooit nog wel eens terug zou komen. Maar als deze bizarre lust naar haar niet verdwijnt, moet ik eerder dan gepland terug naar Moskou. Misschien wel meteen als we in Tadzjikistan klaar zijn.

Ja, dat ga ik doen, besluit ik als ik opsta en me aankleed.

Ik rond mijn klus af en als ik dan nog steeds aan het Russische meisje denk, kom ik terug voor meer.

ulia

Ik doe net of ik slaap als Lucas zich aankleed en stilletjes mijn appartement verlaat. Als hij de deur achter zich dicht laat vallen, hoor ik die automatisch in het slot vallen. Ik ben blij dat hij het slot heeft ingeschakeld. Het is in Moskou niet veilig genoeg om je deur van het slot te laten, als is het maar voor een paar minuten. De criminelen hier zijn brutaal, vindingrijk en alomtegenwoordig.

Ik blijf nog een minuutje met gesloten ogen liggen om te luisteren of Lucas toch niet nog terugkomt, maar dan spring ik uit bed. Het beurse gevoel tussen mijn benen negeer ik. Automatisch gaan mijn gedachten richting de bron van die beursheid - en opnieuw ervaar ik die vreemde droefheid.

Waarschijnlijk zie ik Lucas Kent nooit meer.

Houd op, zeg ik streng tegen mezelf. Er is geen enkele reden om aan hem te blijven denken. We hadden seks, meer niet. Wat ik nu moet doen, is erachter komen of Obenko de kans heeft gehad toe te slaan bij Esguerra nu Kent er even niet was. Als dat zo is, is mijn tijd hier voorbij. Ik heb een goede dekmantel, maar zodra de Russen doorhebben dat er informatie gelekt is, zal ik verdacht worden.

Terwijl ik me aankleed, bel ik Obenko. 'Is er nieuws?' vraag ik als hij opneemt.

'We hebben een plan,' zegt hij. 'We hebben Esguerra's Boeing C-17 kunnen lokaliseren. Het is het enige privévliegtuig dat de komende uren ingepland staat om te vertrekken. Ons contact in Oezbekistan zorgt voor de rest.'

Ik pauzeer halverwege het dichtritsen van mijn laarzen. 'Hoe bedoel je?'

'Het Oezbeekse leger vuurt een raket op ze af als ze door het Oezbeekse luchtruim vliegen,' zegt Obenko. 'Per ongeluk, natuurlijk. De Russen zullen niet blij zijn, maar één wapenhandelaar leidt niet tot een oorlog. Ons contact zal in de gevangenis belanden en zijn positie kwijtraken, maar we betalen zijn gezin goed voor de moeite.'

'Je gaat Esguerra's vliegtuig neerschieten?' Ineens voelt mijn keel strak aan. Het interesseert me niet wat er met Esguerra gebeurt, maar de gedachte aan Lucas, stervend in een verwrongen hoop metaal of in stukjes geblazen...

'Ja. Het is te riskant hem hier aan te vallen. Hij heeft veertig man bij zich. Er is geen enkele andere manier om hem te grazen te nemen.'

'Ik begrijp het.' Ik voel me ijskoud vanbinnen, alsof iemand over mijn graf loopt. 'Dus gaan ze er allemaal aan.'

'Als alles volgens plan gaat wel, ja. Met één schot schakelen we de dreiging uit, zonder dat iemand van ons daarbij omkomt.'

'Juist.' Ik probeer enthousiast te klinken, maar ik weet niet of het lukt. Het enige waar ik aan kan denken, is Lucas' grote lichaam, verbrand en verminkt, zijn blauwe ogen nietsziend naar de hemel starend. Het zou me niet uit moeten maken - hij betekent niets voor me - maar ik kan dat afschuwelijke beeld niet van me af zetten.

'Jij moet daar afscheid gaan nemen,' gaat Obenko verder, waardoor mijn aandacht weer bij het gesprek terugkomt. 'Als de Russen gaan spitten en ons Oezbeekse contact besluit te praten, komen ze er snel genoeg achter hoe we aan die informatie kwamen. Het is jammer, maar je hebt altijd geweten dat dat het risico was met deze opdracht.'

'Goed.' Ik knijp mijn ogen dicht en wrijf over mijn neusbrug. 'Waar ontmoet ik het team?'

'Neem de trein naar Kon'kovo. Daar staat een wagen voor je klaar.' Daarna wordt de verbinding verbroken.

IN MINDER DAN TWINTIG MINUTEN HEB IK MIJN SPULLEN INGEPAKT. Ondanks dat ik zes jaar in Moskou heb gewoond, heb ik maar weinig persoonlijke bezittingen vergaard. Wat make-up, een haarborstel, schoon ondergoed, mijn valse paspoort, mijn wapen - dat is alles wat ik in mijn grote Gucci-handtas meeneem. Daarnaast zorg ik ervoor dat mijn kleding - een designerspijkerbroek in kniehoge, platte laarzen, een kasjmieren trui en een dikke, goed passende parka - zowel warm als stijlvol is. Als iemand me het appartement ziet verlaten, zie ik eruit als wat ze denken dat ik ben: een jonge vrouw op weg naar haar werk, goed ingepakt tegen de kou.

Als ik klaar ben, poets ik het hele appartement om mijn vingerafdrukken te verwijderen. Daarna ga ik weg, met zorg de deur achter me sluitend. Het doet er niet langer toe of dieven willen inbreken, maar ik wil het ze ook niet makkelijk maken.

Niemand lijkt me te zien als ik de straat op stap, maar toch houd ik mijn omgeving goed in de gaten voor het geval dat ik gevolgd word.

Als ik het dichtstbijzijnde metrostation nader, moet ik opnieuw aan Lucas denken. Ondanks mijn warme kleding krijg ik het prompt koud. Ik zou blij moeten zijn - ik wil al maanden weg hier - maar ik kan Lucas' lot niet uit mijn hoofd zetten.

Zal hij snel of langzaam sterven? Zal de raket of de impact van de crash hem doden? Zal hij lang genoeg bij bewustzijn blijven om zich te realiseren dat hij gaat sterven?

Kan hij raden dat ik daar iets mee te maken heb gehad?

De brok in mijn keel lijkt te groeien tot ik nauwelijks nog kan ademen. Heel even voel ik de noodzaak hem te bellen, hem te waarschuwen niet in dat vliegtuig te stappen. Mijn hand is al onderweg naar de telefoon in mijn tas, voor ik hem terugtrek en hem in plaats daarvan in mijn zak steek.

Stom, stom, berisp ik mezelf als ik de trap af het metrostation in loop. Ik heb Kents nummer niet eens. En zelfs dan zou hem waarschuwen betekenen dat ik Obenko en mijn land zou verraden.

Dat ik Misha zou verraden.

Nee, nooit. Ik haal diep adem en negeer de drukte van de ochtendspits in Moskou. Het is niet langer aan mij. Zelfs al wilde ik iets aan de uitkomst veranderen, ik kan het niet. Obenko en zijn team hebben nu de touwtjes in handen en ik kan alleen nog hopen op een snelle vlucht naar het buitenland.

En daarbij, zelfs al had Lucas Kent niets te maken met de wapenhandelaar die sinds gisteravond een Oekraïense vijand is, dan nog was er in mijn leven geen ruimte voor romantiek. Het zou er niet toe moeten doen of Kent nog leeft of dood is, want ik zie hem toch nooit meer.

De naderende metro haalt me uit mijn sombere gedachten. De mensen om me heen bewegen naar voren als ze op de volle metro aflopen en ik haast me om me tussen hen in te persen voor de deuren sluiten.

Gelukkig lukt dat. Ik grijp de reling en wring mezelf tussen twee vrouwen van middelbare leeftijd, de geile blik van de oude man tegenover me negerend. Over een paar uur hoef ik de Moskouse metro niet langer te verdragen.

Dan ben ik onderweg naar Kiev, waar ik thuishoor.

Ik sluit mijn ogen en probeer me op thuis te concentreren.

Op Misha, ook al zal ik hem niet persoonlijk kunnen ontmoeten.

Mijn broertje is nu veertien. Ik heb foto's gezien: een knappe tiener met blauwe ogen vol ondeugd en intelligentie. Hij staat altijd lachend op de foto, omringd door vrienden en vriendinnetjes. Obenko zegt dat hij sociaal is. Het middelpunt van de belangstelling.

Blij met het leven dat ze hem gegeven hebben.

Steeds als ik zo'n foto krijg, staar ik er urenlang naar. Zou hij zich me nog herinneren? Zou hij weten wie ik ben als hij me op straat tegen zou komen? Waarschijnlijk niet - hij was pas drie toen hij geadopteerd werd - maar ik beeld me graag in dat iets in hem me nog zou herkennen.

Dat hij zich zou herinneren hoe goed ik voor hem zorgde tijdens dat ene jaar dat we in het weeshuis zaten.

Een krakerig bericht over de luidspreker

onderbreekt mijn gedachten. Als ik mijn ogen open, besef ik dat de metro langzamer is gaan rijden.

'Onze excuses voor de vertraging,' herhaalt de metrobestuurder luid als we tot stilstand komen. 'Het probleem wordt spoedig opgelost.'

De passagiers om me heen kreunen. Links van me begint een vrouw van middelbare leeftijd te vloeken, terwijl de vrouw naast haar iets moppert over de corrupte overheid die het geld in zijn stak stopt in plaats van dingen te repareren. Dit is niet de eerste vertraging deze maand: de extreme temperaturen van deze winter eisen hun tol van zowel de wegen als de ondergrondse metrorails. De hel van in de spits door Moskou reizen, is nog heel veel erger geworden.

Ik onderdruk mijn eigen zucht van ergernis en kijk op mijn telefoon. Zoals verwacht heb ik geen bereik. De dikke wanden van de tunnel blokkeren de gsm-ontvangst, dus ik kan mijn contacten niet op de hoogte stellen van de vertraging.

Geweldig. Echt geweldig.

Ik stop de telefoon weg en probeer mijn frustratie te negeren. Hopelijk hoeft er alleen iets gelast te worden en is het niet erger dan dat. Vorige maand legde een gebarsten leiding voor meer dan drie uur bijna al het verkeer in Moskou plat. Als het weer zoiets is, ben ik misschien pas aan het eind van de middag op de afgesproken locatie.

Tegen mijn zin in rijst Lucas opnieuw in mijn gedachten op. Aan het einde van de middag is hij waarschijnlijk in het Oezbeekse luchtruim. Misschien is hij dan zelfs al dood. Mijn maag rolt als ik aan zijn lichaam denk, in stukken geblazen door de explosie en de crash.

Yulia, houd op. Mijn maag draait opnieuw en rommelt dan luid. Opgelucht besef ik dat ik ben vergeten te ontbijten. Ik had zo'n haast om in te pakken en te vertrekken, dat ik zelfs geen appel heb meegenomen.

Logisch dat ik me een beetje misselijk voel. Dat heeft niets te maken met Kent en alles met mijn hongergevoel.

Ja, dat is het. Ik heb gewoon honger. Zodra de metro weer verder kan en ik op mijn bestemming aangekomen ben, haal ik wat te eten. Dan komt het allemaal goed.

Ik ben dan veilig in Kiev en zal nooit meer aan Lucas Kent denken.

*L*ucas

Tegen de tijd dat ik bij het vliegtuig ben, is het hele team inclusief Esguerra al aan boord en volledig in gevechtsuitrusting gehuld. De pakken zijn kogelwerend en brandvertragend, wat ze belachelijk duur maakt. Maar ik ben blij dat Esguerra erop staat ze bij elke missie te gebruiken; aanzienlijk minder van onze mannen komen om.

Ik ben zowel de piloot als de laatste die aan boord gaat, dus zodra ik omgekleed ben, stijgen we op. Ons doelwit bevindt zich in Tadzjikistan: de nieuwste vesting van de terreurorganisatie Al-Quadar. Esguerra heeft ze pas recent gevonden. Dit zijn dezelfde idioten die hem dwarszaten door een paar maanden geleden zijn vrouw te ontvoeren, waardoor hij nu vastbesloten is ze van de kaart te vegen. De Russen hebben ons vrije doorgang verleend - daar ging die vergadering met Buschekov over - dus ik verwacht geen problemen. Toch houd ik een blik op de radar gevestigd als we Moskou steeds verder achter ons laten en boven Centraal-Azië komen.

In dit deel van de wereld kun je nooit te voorzichtig zijn.

Zodra we op kruishoogte zijn, zet ik het vliegtuig op de automatische piloot en controleer mijn wapens: ik haal ze uit elkaar, maak ze schoon en zet ze weer in elkaar. Dat is van de eerste dingen die ik bij de marine heb geleerd: zorg voor elke strijd dat je wapens gevechtsklaar zijn. Esguerra's materiaal is het beste dat er te krijgen is en het heeft me nog nooit in de steek gelaten, maar er is een eerste keer voor alles.

Tevreden dat alles in goede conditie is, leg ik de wapens weer neer en richt mijn blik weer op de radar.

Niets aan de hand.

Ik leun naar achteren in mijn stoel en strek mijn benen. Diep in me voel ik al de eerste tintelingen van adrenaline, het gevoel van opwinding.

De verwachting die me voor elke strijd in zijn greep houdt.

Mijn lichaam en geest zijn al bezig zich erop voor te bereiden, ook al duurt het nog een paar uur voor we onze bestemming bereiken.

Dit is waar ik voor gemaakt ben, dit is mijn passie. Het vechten zit me in het bloed. Daarom ben ik meteen na de middelbare school bij de marine gegaan. Ik kon het pad dat mijn ouders voor me hadden uitgestippeld simpelweg niet volgen. Rechten studeren en bij mijn grootvaders prestigieuze advocatenkantoor gaan werken? Ik zag het mezelf niet doen. Dat leven had me gesmoord; de bedompte, elitaire vergaderkamers van Manhattan waren een stille moordenaar geworden.

Mijn familie begreep het uiteraard niet. Voor hen is bedrijfsrecht - en het geld en aanzien dat daarbij horen - het toppunt van succes. Ze konden gewoon niet begrijpen waarom ik iets anders wilde doen, waarom ik niet hun droomkind kon zijn.

'Als je geen rechten wilt studeren, kun je voor geneeskunde gaan,' zei mijn vader toen ik hem in de vijfde mijn twijfels meedeelde. 'Of als je niet zo lang wilt studeren, kun je ook economie gaan doen. Ik kan een stage voor je regelen bij Goldman Sachs deze zomer. Dat zou goed staan op je aanmelding voor Princeton.'

Ik heb van dat aanbod geen gebruik gemaakt. Toen wist ik nog niet waar ik hoorde, maar ik wist wel dat het niet bij Goldman Sachs was, niet op Princeton en niet op de elitaire privéschool waar mijn ouders zich blauw voor betaalden. Ik was anders dan mijn klasgenoten. Te rusteloos. Ik had te veel ongedurige energie. Ik deed aan elke sport die mogelijk was, bekwaamde me in meerdere vechtsporten, maar het was niet genoeg.

Er ontbrak nog altijd iets.

Wat dat was, ontdekte ik tijdens een nacht in mijn

laatste jaar, toen ik na een feestje in Brooklyn stomdronken op weg naar huis was. Op een leeg metrostation werd ik aangevallen door een groep boeven die graag de portemonnee van een knul uit de Upper East Side wat lichter wilden maken. Zij hadden messen en ik had niets, maar ik was te dronken om me daar druk om te maken. Mijn ervaring met oosterse vechtsporten kwam van pas en ik ging het eerste, echte gevecht van mijn leven aan.

Het eindigde met het mes van een van de mannen in diens lichaam en warm bloed dat over mijn handen droop.

Het eindigde met de aanvaarding van het geweld dat in mij huisde.

Als we over Oezbekistan vliegen, een paar honderd kilometer van onze bestemming verwijderd, stapt Esguerra de cockpit binnen.

Als ik de deur open hoor gaan, draai ik me naar hem om. 'Volgens het schema zijn we er over anderhalf uur,' zeg ik zonder dat hij het hoeft te vragen. 'Er ligt wat ijs op de landingsbaan en dat zijn ze nu voor ons aan het verwijderen. De helikopters staan klaar.'

Met die helikopters vliegen we naar het Pamir-gebergte, waar het terroristenkamp geacht wordt te zijn.

'Uitstekend,' zegt Esguerra. Zijn blauwe ogen

glinsteren kil. 'Is er sprake van ongebruikelijke activiteit in de omgeving?'

Ik schud mijn hoofd. 'Nee, alles is rustig.'

'Mooi.' Hij loopt naar de stoel van de copiloot en gaat zitten. 'Hoe was het Russische meisje?' vraagt hij terwijl hij zijn veiligheidsriem vastklikt.

Heel even bespeur ik een vlaag van jaloezie, maar dan herinner ik me weer hoe Yulia de hele nacht op me reageerde. 'Behoorlijk bevredigend,' zeg ik met een glimlach als herinneringen aan de afgelopen nacht door mijn hoofd gaan. 'Je hebt wat gemist.'

'Ja, vast,' zegt hij, maar ik zie dat hij geen spoortje spijt ervaart. Hij is geobsedeerd door zijn jonge vrouw. Volgens mij zou de mooiste vrouw ter wereld naakt voor hem langs kunnen paraderen en zou hij nog geen moment van kleur verschieten. Esguerra heeft het duidelijk te pakken - en dat nog wel van een meisje dat hij gevangen hield.

Die gedachte maakt me aan het lachen. 'Ik moet zeggen dat ik nooit verwacht had jou gelukkig getrouwd te zien.' Het idee amuseert me.

Esguerra trekt zijn wenkbrauwen op. 'O?'

Ik haal mijn schouders op en mijn grijns sterft weg. Mijn baas is geen vriend van me - volgens mij heeft Esguerra geen vrienden - maar op de een of andere manier lijkt hij vandaag toeschietelijker dan normaal.

Of misschien ben ik gewoon in een goed humeur, met dank aan een zekere beeldschone tolk.

'Zeker,' zeg ik tegen Esguerra. 'Mensen zoals wij

worden in het algemeen niet beschouwd als goede echtgenoten.'

Om precies te zijn, kan ik me geen twee mensen voorstellen die minder geschikt zijn voor huisje, boompje, beestje.

Esguerra grinnikt. 'Ik weet niet of Nora mij een goede echtgenoot zou noemen.'

'Als ze dat niet vindt, zou ze dat wel moeten vinden.' Ik richt me weer even op het instrumentenpaneel. 'Je gaat niet vreemd, je zorgt goed voor haar en je hebt je leven op het spel gezet om haar te redden. Als dat je geen goede echtgenoot maakt, weet ik het ook niet meer.' Al pratend zie ik een kleine beweging op de radar.

Met een frons buig ik me ernaartoe.

'Wat is er?' Esguerra's toon wordt scherper.

'Ik weet het niet zeker,' zeg ik. Dan schokt het vliegtuig zo hevig dat ik bijna uit mijn stoel vlieg. Het toestel duikt opzij en dan in een scherpe hoek naar beneden. Adrenaline raast door me heen als ik het felle gepiep van de op hol geslagen instrumenten hoor.

We zijn geraakt.

De gedachte is kraakhelder.

Ik richt mijn volle aandacht op de besturing en probeer het vliegtuig recht te trekken als we door een dikke laag wolken suizen. Mijn hart bonst als een gek en het bloed suist in mijn oren. 'O, shit, verdomme, o, nee, klote, nee...'

'Wat heeft ons geraakt?' Esguerra klinkt kalm, haast ongeïnteresseerd. Ik hoor een schurend geluid in de motoren, dan gesputter. Vervolgens ruik ik rook en dringt geschreeuw tot me door.

We staan in brand.

Godverdomme.

'Ik weet het niet zeker,' weet ik uit te brengen. Het vliegtuig duikt naar beneden en ik krijg het niet langer dan een seconde recht. 'Maakt het verdomme uit?'

Het toestel trilt en de motoren maken een afschuwelijk sputterend geluid, terwijl de grond onder ons steeds dichterbij komt. Ik zie de toppen van het Pamir-gebergte in de verte en weet gewoon dat we die niet gaan halen.

We storten neer voor we ons doel bereiken.

Verdomme, nee. Ik ben nog niet klaar om te sterven.

Vloekend blijf ik met de instrumenten worstelen, de metingen die me vertellen dat mijn pogingen zinloos zijn negerend. Onder mijn leiding trekt het toestel kort recht, en even werken de motoren weer, maar dan duiken we toch weer naar beneden. Ik herhaal de manoeuvre en zet al mijn ervaring als piloot in, maar het heeft geen zin.

Het enige waar ik in slaag, is onze afdaling met een paar seconden vertragen.

Ze zeggen dat je voor je dood je leven aan je voorbij ziet flitsen. Ze zeggen dat je denkt aan alles wat je anders had kunnen doen, wat je niet hebt gedaan.

Maar dat doe ik niet.

Ik ben te druk bezig met overleven.

Esguerra zwijgt. Zijn handen omklemmen de zitting van zijn stoel als de grond op ons af raast en de kleine objecten onder ons met elke seconde groter worden. Ik herken bomen - blijkbaar bevinden we ons nu boven een bos - en dan zie ik ook de takken, kaal en bedekt met sneeuw.

We zijn dichtbij, zo dichtbij, en ik doe nog een laatste poging het vliegtuig te sturen, het naar een groepje kleinere bomen en bosjes honderd meter verderop sturend.

En dan zijn we er. We rammen de bomen met verpletterende kracht.

Gek genoeg is mijn laatste gedachte aan haar: het Russische meisje dat ik nooit meer zal zien.

II

DE ARRESTATIE

ulia

Zeven en een half uur.

Zeven en een half uur zat de metro vast in de tunnel. De opluchting die ik voel als de deuren bij het volgende station eindelijk open gaan, is zo sterk dat ik begin te trillen. Of misschien tril ik van de honger en dorst. Dat is lastig te zeggen.

Ik stap uit die vervloekte metro, wurm me door de kudde vermoeide en gestreste forenzen en neem de roltrap naar boven. Ik moet meteen Obenko bellen; mijn contactpersoon zal zich wel ernstig zorgen maken.

'Yulia? Jezus!' Zoals verwacht is Obenko woedend. 'Waar zat je?'

'Bij Rizhskaya.' Ik noem het metrostation, dat bijna twintig stations verwijderd is van mijn bestemming. 'Ik zat op de Kaluzhsko-Rizhskaya lijn.'

'O, shit. Je zat vast door die idioot.'

'Ja.' Ik leun tegen de ijskoude muur boven aan de trap terwijl mensen zich langs me heen haasten. Volgens het laatste bericht van de metroconducteur werd de vertraging veroorzaakt door een gijzeling twee stations voor ons. Een Tsjetsjeen had het heldere idee een eigengemaakte bom aan te trekken en te dreigen zichzelf op te blazen als zijn eisen niet ingewilligd werden. De politie wist hem te overmeesteren, maar het duurde uren voordat ze dat veilig konden doen. Gezien deze ernstige situatie is het wonderbaarlijk dat we nog voor het donker uit de metro zijn gekomen.

'Oké.' Obenko klinkt wat kalmer. 'Ik stuur het team terug naar het ophaalpunt. Rijden de metro's weer?'

'De Kalushsko-Rizhskaya lijn nog niet. Die gaat later vanavond weer rijden. Ik zal een taxi moeten nemen.' Ik hop van de ene voet op de andere. Mijn blaas herinnert me eraan dat ik al uren niet meer naar de wc geweest ben. Daarnaast snak ik naar een hapje eten, maar eerst moet ik iets weten. 'Vasiliy Ivanovich,' zeg ik aarzelend, mijn baas bij zijn voor- en achternaam noemend, 'is de missie… geslaagd?'

'Het vliegtuig is een uur geleden neergeschoten.'

Mijn knieën knikken en een duizelingwekkend ogenblik lang draait het hele station om me heen. Als ik niet tegen de muur had geleund, zou ik omgevallen zijn. 'Waren er nog overlevenden?' Mijn stem klinkt benepen en ik moet mijn keel schrapen voordat ik verder kan gaan. 'Is het… weet je zeker dat het doelwit vernietigd is?'

'We hebben nog geen verslag gehad, maar ik kan me niet voorstellen dat Esguerra het overleefd heeft.'

'O. Goed.' Gal welt op in mijn keel en ik voel me alsof ik moet overgeven. Na een paar keer goed geslikt te hebben, wring ik de woorden eruit: 'Ik moet nu gaan, een taxi zoeken.'

'Oké. Houd ons op de hoogte als er iets misgaat.'

'Zal ik doen.' Ik druk op het scherm om op te hangen en leun met mijn hoofd tegen de muur, terwijl ik diep de koele lucht inadem. Ik voel me misselijk; mijn maag draait van het zuur en de leegte. Ik heb een snelle stofwisseling en daardoor heb ik nooit goed tegen honger gekund, maar ik kan me niet herinneren dat ik me ooit zo slecht gevoeld heb door te weinig eten.

In het niets starende lichtblauwe ogen. Bloed dat langs een harde, vierkante kaak sijpelt.

Nee, stop. Langzaam duw ik me van de muur af. Ik mag mezelf niet zo laten gaan. Ik heb gewoon honger en dorst en ik ben uitgeput. Zo gauw dat allemaal opgelost is, zal het allemaal beter zijn.

Dat moet wel.

VOORDAT IK EEN TAXI PROBEER TE VINDEN, ZOEK IK EEN

klein koffiezaakje naast het station en ga naar de wc. Ik neem ook een kop hete thee en verslind drie met vlees gevulde *pirozhki*, kleine hartige pasteitjes. Dan, wanneer ik me weer wat meer mens voel, ga ik naar buiten om te zien of ik een taxi kan vinden.

De straten rondom het station zijn een nachtmerrie. Het verkeer lijkt totaal stil te staan en alle taxi's zijn bezet. Dat is logisch, gezien de metrosituatie, maar wel erg irritant.

Ik loop stevig door in de hoop dat ik te voet een minder druk gebied kan bereiken. Het heeft geen zin om een taxi te nemen en dan in twee uur slechts twee straten verder te komen. Nu het vliegtuig is neergeschoten, moet ik zo snel mogelijk bij mijn contactpersonen komen.

Het vliegtuig. Ik adem snel in als de afschuwelijke beelden mijn gedachten binnendringen. Waarom blijf ik maar aan hem denken? Ik kende Lucas korter dan vierentwintig uur en de meeste tijd daarvan was ik bang voor hem.

En de rest van de tijd lag je schreeuwend van genot in zijn armen, brengt een klein stemmetje me in herinnering.

Nee, stop.

Ik loop sneller, tussen de langzame voetgangers door zigzaggend. *Niet aan hem denken, niet aan hem denken...* Ik laat de woorden op het ritme van mijn stappen in mijn gedachten echoën. *Je gaat naar huis naar Misha...* Ik loop nog wat sneller, bijna rennend. Zo snel bewegen breng me sneller op mijn bestemming, maar houdt me ook warm. *Denk niet aan hem, je gaat naar huis...*

Ik weet niet hoe lang ik zo doorloop, maar als de straatlantaarns aangaan, realiseer ik me dat het al donker wordt. Als ik op mijn telefoon kijk, zie ik dat het bijna zes uur is.

Ik loop dus al bijna twee en een half uur en het verkeer zit nog steeds volkomen vast. Gefrustreerd kijk ik rond. Ik heb steeds de grote lanen gevolgd in de hoop een taxi te vinden, maar dat lijkt een verkeerde strategie te zijn geweest. Misschien moet ik de grote verkeersaders achter me laten en het in de kleinere straten proberen. Als ik daar een taxi vind, kan de chauffeur me misschien via binnenwegen de stad uit krijgen. Ik betaal hem wat hij maar wil.

Als ik een van de zijstraten insla, zie ik een blok verder een park. Ik besluit er schuin doorheen te steken en dan een van de kleinere lanen aan de andere kant van het park in te gaan. Dan ga ik nog steeds de goede richting op, maar daar is het wat minder druk. Als ik dan geen taxi kan vinden, rijdt daar misschien wel een bus.

Er moet een manier zijn om binnen een paar uur op mijn bestemming te komen.

Mijn telefoon trilt in mijn tas en ik vis hem eruit. 'Ja?'

'Waar ben je?' Obenko klinkt net zo gefrustreerd als ik me voel. 'De teamleider wordt nerveus. Hij wil de grens over zijn tegen de tijd dat het Kremlin doorheeft wat er gebeurd is.'

'Ik ben nog steeds in de stad en ga nu te voet. Het verkeer zit compleet vast.' De sneeuw kraakt onder mijn voeten als ik het park in loop. Ze hebben hier niet gestrooid, dus alle wandelpaden zijn bedekt met een dikke laag ijs.

'Shit.'

'Ja.' Ik probeer niet uit te glijden op het ijs terwijl ik over een hondendrol stap. 'Ik doe mijn best er vanavond te zijn, dat beloof ik.'

'Goed. Yulia…' Obenko zwijgt even. 'Je weet dat het team zich terug moet trekken als je er morgenochtend nog niet bent, toch?' Zijn stem klinkt zacht, bijna verontschuldigend.

'Ik weet het.' Ik houd mijn stem vlak. 'Ik zal er zijn.'

'Goed. Zorg ervoor dat je er bent.'

Hij hangt op en ik loop sneller, gedreven door stijgende onrust. Als het team zonder mij vertrekt, word ik gearresteerd. Dat wordt mijn dood. Het Kremlin is niet mild voor spionnen en aangezien ons bureau volledig illegaal is, maakt dat het er niet beter op. De Oekraïense overheid zal niet voor me onderhandelen, omdat ze geen idee heeft dat ik überhaupt besta.

Ik ben bijna het park uit als ik dronken mannengelach en het geluid van schoenen in de sneeuw hoor.

Een paar honderd meter achter me loopt een groep mannen met flessen in hun gehandschoende handen. Ze slingeren heen en weer over het pad, maar ze hebben mij duidelijk opgemerkt.

'Hé, jongedame,' bralt een van hen. 'Ga je mee een feestje bouwen?'

Ik kijk de andere kant op en loop nog wat sneller. Het is maar een stel dronkaards, maar zelfs dronkenlappen kunnen gevaarlijk zijn als het zes tegen één is. Ik ben niet bang - ik heb tenslotte mijn wapen en mijn training - maar ik wil vanavond geen gedoe.

'Jongedame,' roept de dronkenlap nog wat harder. 'Dat is nogal onbeleefd, zeg!'

Zijn vrienden lachen als een roedel hyena's en de dronkenlap roept: 'Krijg de kolere, klotewijf! Als je niet mee uit wil, zeg dat verdomme dan!'

Ik negeer ze en vervolg mijn weg, maar voor alle zekerheid laat ik mijn linkerhand in mijn tas naar mijn wapen glijden. Eenmaal op straat sterft het geluid van hun stemmen weg en al snel besef ik dat ze me niet meer achtervolgen.

Opgelucht haal ik mijn hand uit mijn tas en loop ietsje rustiger door de straat. Mijn benen raken verkrampt en ik voel aan de zijkant van mijn hiel een blaar opkomen. Mijn platte laarzen zijn heel wat comfortabeler dan hakken, maar ze zijn niet bedoeld om drie uur mee te gaan snelwandelen.

Ik ben nu in een stillere woonwijk en dat heeft voor- en nadelen. Het verkeer is hier een stuk rustiger - slechts een paar auto's rijden langs - maar de straatverlichting is beperkt en de wijk is nogal verlaten. In de verte hoor ik weer mannengelach en ik dwing mezelf sneller te lopen, de spierpijn in mijn benen negerend.

Vijf blokken verder heb ik geluk: een taxi stopt langs de stoep aan de overkant van de straat. Een kleine, dunne man stapt uit. Opgelucht roep ik: 'Wacht!' Ik sprint naar de taxi als de man het portier dichtgooit.

Als ik vlakbij de taxi ben, zie ik plots lampen in mijn ooghoek en hoor ik het gebrul van een automotor.

In een oogwenk gooi ik mezelf opzij. Ik sla tegen de grond terwijl een auto langs me raast. Rollend over het ijzige asfalt hoor ik de chauffeur van de auto dronken joelen; dan knalt er iets hards tegen mijn hoofd.

Terwijl ik het bewustzijn verlies, is mijn laatste gedachte dat ik die dronkenlappen toch beter had kunnen neerschieten.

ucas

Stemmen. Zacht gepiep. Meer stemmen.

Het geluid wordt harder en zachter, net als het suizen in mijn oren. Mijn hoofd voelt wazig en zwaar. De pijn omsluit me als een doornenkroon.

Ik leef nog.

Langzaam begin ik het me te realiseren, maar bij die realisatie zwellen een bonkende hoofdpijn en een vlaag van misselijkheid aan.

Waar ben ik? Wat is er gebeurd?

Ik doe mijn best om de stemmen te verstaan.

Aan de stemmen te horen, zijn het twee vrouwen en een man. Ze spreken een vreemde taal die ik niet herken.

De misselijkheid wordt erger, de bonkende hoofdpijn ook. Mijn ogen openen vraagt een haast onmenselijke inspanning.

Boven me flikkeren tl-lampen, ondraaglijk fel. Het is te veel voor me en ik sluit mijn ogen weer.

Een vrouwenstem roept iets en ik hoor snelle voetstappen.

Een hand beroert mijn gezicht en onbekende vingers betasten mijn oogleden. Opnieuw zie ik een fel licht en ik verkramp, want het voelt als een marteling. Mijn vechtinstinct komt naar boven en ik bal mijn vuisten om uit te halen naar wie dit ook mag zijn, maar iets verhindert me mijn armen te bewegen.

'Voorzichtig.' De mannenstem spreekt nu Engels met een zwaar accent. 'De verpleegster onderzoekt u slechts.'

De hand laat mijn gezicht los en ik dwing mijn ogen open, ondanks de scherpe pijn in mijn schedel. Alles is wazig, maar na een paar keer knipperen kan ik scherpstellen op de man naast mijn bed.

Hij is gekleed in een militair uniform en lijkt begin vijftig, met een slank, scherp gezicht. Als hij ziet dat ik naar hem kijk, zegt hij: 'Ik ben kolonel Sharipov. Kunt u me zeggen hoe u heet?'

'Waar ben ik? Wat is er gebeurd?' vraag ik schor, terwijl ik weer probeer mijn armen te bewegen. Het lukt niet - ik zit aan het bed geboeid. Als ik probeer mijn benen te bewegen, lukt dat met mijn rechterbeen wel, maar het linker niet. Er is iets zwaars en logs dat het stil houdt. Als ik meer kracht zet, kerm ik het uit van de pijn.

'U bent in een ziekenhuis in Tasjkent,' zegt Sharipov, mijn eerste vraag beantwoordend. 'U hebt een gebroken been en een zware hersenschudding. Het is het beste als u niet beweegt.'

Tasjkent. Dat betekent dat ik in Oezbekistan ben, het land grenzend aan onze bestemming Tadzjikistan. Terwijl ik dat verwerk, begint de mist in mijn hoofd op te klaren en herinner ik me wat er gebeurd is.

Het geschreeuw. De geur van rook.

De crash.

Shit.

'Waar is de rest?' Plotseling woedend ruk ik aan de boeien om mijn pols. 'Esguerra en de anderen?'

'Dat zal ik zo vertellen,' zegt Sharipov. 'Vertel me eerst uw naam.'

De bonkende pijn in mijn hoofd verhindert me na te denken. 'Lucas Kent,' knars ik. Liegen heeft geen zin. Hij was niet verbaasd dat ik Esguerra noemde - wat betekent dat hij al een idee heeft van wie we zijn. 'Ik ben Esguerra's rechterhand.'

Sharipov bekijkt me onderzoekend. 'Ik begrijp het. In dat geval, meneer Kent, zult u blij zijn te horen dat Julian Esguerra nog leeft en zich hier in het ziekenhuis bevindt. Hij heeft een gebroken arm, gebroken ribben en een milde hoofdwond. We wachten tot hij weer bij bewustzijn komt.'

Mijn hoofd bonst alsof het elk moment kan

ontploffen, maar toch voel ik wat opluchting. Die man is een koelbloedige moordenaar - sommigen zouden hem een psychopaat noemen - maar ik heb hem door de jaren heen leren kennen en ben hem gaan respecteren. Het zou zonde zijn als hij zou sneuvelen door een afgedwaalde raket. Dat doet me eraan denken...

'Wat is er verdomme gebeurd? Waarom ben ik vastgebonden?'

De kolonel kijkt me kalm aan. 'U zit vast voor uw eigen veiligheid en de veiligheid van onze verplegers, meneer Kent. Uw beroep is zodanig dat we dat vanwege de zekerheid van onze medewerkers nodig achtten. Dit is een burgerziekenhuis en...'

'O, verdomme.' Ik knars met mijn tanden. 'Ik beloof de verpleegsters met rust te laten, oké? Maak die verdraaide boeien los. Nu.'

We staren elkaar een paar ogenblikken uitdagend aan. Dan knikt Sharipov kort en zegt iets in een andere taal tegen de verpleegster. De donkerharige vrouw komt naar me toe en maakt de handboeien los, me intussen argwanende blikken toewerpend. Ik negeer haar en houd mijn aandacht op Sharipov gevestigd.

'Wat is er gebeurd?' herhaal ik iets kalmer. De verpleegster vlucht naar de andere kant van de kamer en ik masseer met mijn handen mijn polsen. De beweging laat mijn hoofd heftiger bonken, maar ik zet door met mijn ondervraging. 'Wie schoot het vliegtuig neer en wat is er met de andere mannen gebeurd?'

'Helaas wordt de ware toedracht van het vliegtuigongeluk op dit moment nog onderzocht,' zegt

Sharipov. Hij kijkt wat ongemakkelijk. 'Het is mogelijk dat er sprake was van een… misverstand.'

'Een misverstand?' Ik kijk hem ongelovig aan. 'Hebben jullie ons beschoten? Jullie wisten dat we vrije doorgang door de regio hadden, toch?'

'Natuurlijk.' Hij kijkt nu nog ongemakkelijker. 'Daarom voeren we nu ook een onderzoek uit. Het is mogelijk dat er een vergissing gemaakt is…'

'Een vergissing?' *Het geschreeuw, de rook…* 'Een verdomde vergissing?' Mijn hersens voelen alsof er een drumsolo op wordt gegeven. 'Godverdomme, waar zijn de anderen?'

Sharipov deinst bijna onmerkbaar achteruit. 'Het spijt me, maar behalve meneer Esguerra en uzelf waren er slechts drie overlevenden. Zij zijn nog steeds buiten bewustzijn. Ik hoop dat u ons kunt helpen hen te identificeren.' Hij pakt zijn telefoon uit zijn borstzak en toont me het scherm. 'Dit is de eerste.'

Mijn maag verkrampt. Ik herken de man op de foto.

John 'de Zandman' Sanders, een Britse ex-delinquent. Handig met messen en granaten. We hebben samen getraind, poolbiljart gespeeld. Hij was lollig, zelfs als hij ladderzat was.

Hij zal vanaf nu wel wat minder lollig zijn, nu de helft van zijn gezicht krokant gebakken is.

'Het vliegtuig ontplofte,' zegt Sharipov, waarschijnlijk ten antwoord op mijn gezichtsuitdrukking. 'Hij heeft derdegraads brandwonden over een groot gedeelte van zijn lichaam. Hij zal heel wat huidtransplantaties nodig hebben - als hij het tenminste overleeft. Weet u zijn naam?'

'John Sanders,' zeg ik schor terwijl ik de telefoon aanpak. Mijn lichaam verzet zich tegen de beweging en mijn slapen bonzen van de misselijkmakende pijn, maar ik moet de anderen zien. Ik breng de telefoon dichterbij en tik op de volgende foto.

Dit gezicht is bijna onherkenbaar, afgezien van het litteken bij zijn linker ooghoek. Hij is een nieuweling, iemand over wie ik nog twijfelde of ik hem wel mee zou nemen voor deze missie.

'Jorge Suarez,' zeg ik vlak, waarna ik doorga naar de volgende foto.

Bij deze kan ik het niet eens gokken. Ik zie alleen maar verbrand vlees. 'Leeft hij nog?' Ik werp een blik op Sharipov en voel mijn maag opnieuw omdraaien, wat slechts gedeeltelijk aan mijn hersenschudding te wijten is.

De kolonel knikt. 'Hij is in kritieke toestand, maar hij zou het kunnen halen. Als u naar de volgende foto gaat, is daar zijn onderlichaam te zien. Dat is minder verbrand.'

Terwijl ik mijn misselijkheid onder controle probeer te houden, doe ik wat hij zegt en bestudeer de harige benen, half bedekt door flarden van zijn beschermende kleding. De ontploffing heeft zijn veiligheidsuitrusting vernietigd; het materiaal is wel korte tijd vuurbestendig, maar kon een ontploffend vliegtuig niet weerstaan. Het is moeilijk deze man aan alleen zijn benen te herkennen. Hoewel... Ik knijp mijn ogen samen, turend naar de foto, en dan zie ik het.

Een tatoeage van een vogel, half verscholen achter de flarden van het gevechtspak.

'Gerard Montreau,' zeg ik met zekerheid. De jonge Fransman is de enige met die tatoeage in het team.

Ik laat de telefoon zakken en kijk naar Sharipov. 'Waarom ben ik niet verbrand? Hoe ben ik ontkomen aan de ontploffing? En hoe is het met Esguerra? Is hij…'

'Nee, hij is in orde,' verzekert Sharipov me. 'Tenminste, niet verbrand. Esguerra en u zaten in de cockpit, die werd tijdens de crash van de rest van het vliegtuig gescheiden. De achterkant van het vliegtuig ontplofte, maar de brand kon niet overslaan naar de cockpit.'

Het bonzen in mijn hoofd wordt ondraaglijk en ik sluit mijn ogen in een poging alles te verwerken.

Vijf van de vijftig mannen. Dat is alles wat over is van onze groep. De rest is dood; verbrand of ontploft. Ik kan me hun angst voorstellen toen het vuur in de achterkant van het vliegtuig om zich heen greep. Het is een wonder dat er überhaupt overlevenden zijn - hoewel de drie mannen op de foto's daar wel anders over zullen denken.

Een vergissing. Wat een godvergeten onzin.

Ik ga dit tot de bodem uitzoeken, maar eerst moet ik mijn werk doen.

Ik dwing mijn ogen weer open en gluur naar Sharipov, die voorzichtig naar zijn telefoon reikt. Wat denkt hij verdomme wel niet? Dat ik hem zwaargewond vanuit een ziekenhuisbed kan wurgen?

Dat doe ik niet - tenzij ik erachter kom dat hij verantwoordelijk is voor deze 'vergissing'.

'U moet bewakers voor Esguerra regelen,' zeg ik, de telefoon stevig vasthoudend. 'Hij is hier niet veilig.'

De kolonel fronst naar me 'Wat bedoelt u? Het ziekenhuis is veilig...'

'Hij heeft veel vijanden, bijvoorbeeld Al-Quadar, de terroristen die hun bolwerk vlak over jullie grens hebben. U moet beveiliging regelen, nu meteen.'

Sharipov kijkt nog steeds twijfelend, dus voeg ik eraan toe: 'Uw Kremlin-bondgenoten zullen niet zo blij zijn als hem wat overkomt terwijl hij onder uw verantwoordelijkheid valt. Zeker niet na die vorige "vergissing".'

Sharipovs mond verstrakt, maar na een moment zegt hij: 'Oké, ik zal een paar soldaten oproepen. Zij zullen ervoor zorgen dat er geen onbevoegde personen bij uw baas komen.'

'Goed. Doe meer dan een paar. Een stuk of veertig à vijftig zou genoeg moeten zijn. Die terroristen zijn erg op hem gespitst.' Mijn hoofdpijn is nu een regelrechte marteling en het been in het gips doet pijn zoals alleen een gebroken bot pijn kan doen. 'U moet ook contact opnemen met Peter Sokolov...'

'Wij hebben al met hem gesproken. Hij weet waar u bent en hij stuurt een vliegtuig om u allemaal op te halen. Nu, alstublieft.' Sharipov houdt zijn hand op. 'Geef mijn telefoon terug, meneer Kent.'

Ik doe mijn mond open om erop aan te dringen dat ik Peter zelf wil spreken, maar voordat ik iets kan zeggen, voel ik iets scherps in mijn arm prikken. Onmiddellijk word ik overvallen door een zware vermoeidheid. Vanuit mijn ooghoek zie ik een verpleegster met een injectienaald wegstappen. 'Wel verdraaid...' begin ik, maar het is te laat.

Duisternis overvalt me en ik merk niets meer.

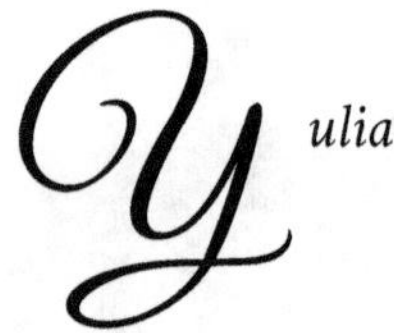

ulia

'Ik zei toch, het gaat prima.'

Ik negeer de protesten van de verpleegster en haal de infuusnaald uit mijn pols zodat ik op kan staan. Ik ben duizelig en mijn hoofd doet pijn, maar ik moet gaan. Te zien aan het zonlicht dat door het ziekenhuisraam naar binnen stroomt, is het allang ochtend. Het ontsnappingsteam is vast al vertrokken, maar er is een kleine kans dat ze er nog zijn. Ik moet zo snel mogelijk contact opnemen met Obenko.

'Waar is mijn tas?' vraag ik de verpleegster, terwijl ik de kamer rondkijk. 'Ik moet mijn tas hebben.'

'U moet gaan liggen.' De roodharige verpleegster gaat voor me staan, haar armen voor haar omvangrijke boezem over elkaar geslagen. 'U hebt een bult zo groot als een ei op uw hoofd omdat u tegen die paal botste en u bent sinds u hier gisteravond binnenkwam buiten bewustzijn geweest. De dokter gaf opdracht u vierentwintig uur ter observatie te houden.'

Ik staar haar aan. Mijn hoofd lijkt doormidden te barsten van de pijn, maar hier blijven is vrijwel zeker mijn doodvonnis. 'Waar is mijn tas?' herhaal ik. Ik ben me pijnlijk bewust van het feit dat ik alleen een ziekenhuisschort aan heb, maar kleren - en die helse hoofdpijn - zijn van later zorg.

De vrouw rolt met haar ogen. 'In hemelsnaam, vooruit dan maar. Als ik uw tas pak, gaat u dan braaf terug naar bed?'

'Ja,' lieg ik, en ik zie hoe ze naar een kast aan de andere kant van de kamer loopt. Ze doet de kastdeur open, pakt mijn Gucci-handtas en komt terug.

'Alstublieft.' Ze duwt me de tas in mijn handen. 'En nu terug in bed voordat u omvalt.'

Ik doe wat ze zegt, maar alleen omdat ik mijn kracht wil sparen voor de reis die nog komt. Ik ben nog geen tien minuten wakker en tril al van de inspanning die het me kost om te blijven staan. Eigenlijk moet ik inderdaad ter observatie blijven, maar daar is geen tijd voor.

Ik moet uit Moskou zien te komen voordat het te laat is.

De verpleegster gaat de lakens van het lege bed naast me verschonen en ik pak mijn telefoon om Obenko te bellen.

De telefoon gaat over en nogmaals over…

Shit. Hij neemt niet op.

Ik probeer het nogmaals. *Kom op, kom op, neem op.*

Niets. Geen antwoord.

Ik word nu wanhopig en probeer het voor de derde keer.

'Yulia?'

Godzijdank. 'Ja, ik ben het. Ik ben in een ziekenhuis in Moskou. Ik ben bijna door een auto geraakt. Lang verhaal. Maar ik ga nu op weg en…'

'Het is te laat, Yulia.' Obenko's stem klinkt afgemeten. 'Het Kremlin weet wat er gebeurd is en Buschekovs agenten zoeken je.'

Een ijzige kou verspreidt zich door mijn lichaam. 'Zo snel al?'

'Een van Esguerra's mensen heeft goede contacten in Moskou. Zo gauw hij over de raketaanval hoorde, heeft hij ze gemobiliseerd.'

'Shit.'

De zuster werpt me een strenge blik toe terwijl ze de vieze lakens op het lege bed op een hoop gooit.

'Het spijt me,' zegt Obenko, en ik weet dat hij het meent. 'De teamleider moest zijn mensen in veiligheid brengen. Het is voor niemand van ons nu veilig in Rusland.'

'Natuurlijk,' antwoord ik automatisch. 'Hij deed het enige juiste.'

'Veel geluk, Yulia,' zegt Obenko. Dan hoor ik de klik. Hij heeft opgehangen.

Ik sta er alleen voor.

IK WACHT TOT DE VERPLEEGSTER WEGGAAT MET HET WASGOED EN DAN STA IK WEER OP, deze keer zonder enige hinder.

De paniek die door me heen raast, is sterker dan welke pijnstiller ook. Ik merk mijn hoofdpijn nauwelijks op als ik naar de kast loop waar mijn tas in zat en erin kijk.

Zoals ik al hoopte, liggen mijn kleren daar ook, netjes opgevouwen. Ik kijk snel naar de kamerdeur om te controleren dat de deur dicht zit. Dan doe ik mijn ziekenhuishemd uit en trek de kleren weer aan die ik eerder aanhad. Terwijl ik dat doe, merk ik dat de bult op mijn hoofd niet mijn enige verwonding is. De hele rechterkant van mijn lijf is bont en blauw en ik heb overal schaafwonden.

Die stomme dronkenlap. Ik had hem en zijn hyenavriendjes echt moeten neerschieten toen ik de kans had. *Nee.* Ik haal diep adem om te kalmeren. Woede heeft geen nut nu. Het is een afleiding die ik niet kan gebruiken. Er is nog een kleine kans dat ik Rusland uit kan komen. Ik moet de hoop niet opgeven.

Nu nog niet, tenminste.

Ik doe mijn haar in een knot om mijn lange blonde haren minder te laten opvallen. Dan controleer ik snel de spullen in mijn tas. Alles is er, behalve het contante geld uit mijn portemonnee en mijn wapen. Dat was te verwachten. Ik heb geluk dat mijn tas niet gestolen is toen ik bewusteloos was. In de voering van de tas zit wat extra geld verstopt en de dieven hebben dat zo te zien niet gevonden.

Met de tas stevig tegen me aangeklemd loop ik naar de deur en stap de hal in. De verpleegster is niet meer te zien en niemand merkt me op als ik naar de lift loop. Ach, een oudere man in een rolstoel neemt me van top tot teen op, maar zijn blik is niet achterdochtig. Hij kijkt slechts, daarmee waarschijnlijk zijn jeugd herbelevend.

De liftdeuren gaan met een zachte ping open en ik stap met kloppend hart in. Hoewel mijn ontsnapping tot nu toe voorspoedig gaat, staan al mijn zenuwen op scherp en schreeuwt mijn intuïtie gevaar.

Mijn kamer is op de zevende verdieping en de lift naar beneden is ondraaglijk traag. Hij stopt op iedere verdieping en patiënten en verplegend personeel stappen in en uit. Ik had de trap kunnen nemen, maar dat was te opvallend geweest. Niemand gebruikt de trap als dat niet noodzakelijk is.

Eindelijk openen de liftdeuren zich op de begane grond. Ik stap met verschillende andere mensen uit – en op dat moment zie ik hen.

Drie politieagenten stappen in de lift aan de overkant van de hal.

Shit. Ik trek mijn hoofd in en buig mijn schouders om korter te lijken. *Niet naar hen kijken. Niet kijken.* Ik houd mijn blik op de vloer gericht en loop met een lange, zwaargebouwde man mee die zich voor me een weg baande uit de lift. Hij loopt langzaam en ik ook, zodat het lijkt alsof ik bij hem hoor.

Ze zullen vooral naar vrouwen alleen zoeken, niet naar een stel.

Gelukkig zet mijn onwetende begeleider koers richting de uitgang en lopen er zoveel mensen om ons heen dat hij me niet opmerkt. Zijn omvang biedt me dekking en ik maak er dankbaar gebruik van, terwijl ik me zelf zo klein mogelijk maak.

Loop door. Kom op, loop door, smeek ik hem zwijgend. Iedere spier in mijn lichaam popelt om het op een rennen te zetten. Maar dat zou alle mogelijkheid ongezien uit het ziekenhuis weg te komen bederven. Tegelijkertijd weet ik dat ik hier zo snel mogelijk weg moet. Zo gauw die politieagenten door hebben dat ik niet meer op de zevende verdieping ben, zullen ze het hele hospitaal alarmeren.

Eindelijk komen de man en ik bij de uitgang en ik zie net een taxi komen aanrijden.

Gelukkig! Ik heb wel wat geluk verdiend ondertussen.

Ik laat de man zonder om te kijken achter en spring in de taxi, precies terwijl een vrouw er uitstapt. 'Naar station Lubyanka, alstublieft,' zeg ik tegen de chauffeur terwijl ik het portier sluit. Ik zeg dat voor het geval dat de vrouw het hoort. Als ze dan later ondervraagd wordt, zal ze de verkeerde bestemming doorgeven en zo hopelijk mijn spoor vertroebelen.

De chauffeur knikt en rijdt weg. Zo gauw we op straat rijden, zeg ik: 'O, eigenlijk moet ik nog iets ophalen bij het Azimut Olympic Hotel. Kunt u me daar misschien afzetten?'

Hij haalt zijn schouders op. 'Tuurlijk, geen probleem. U zegt het maar.'

'Dank u.' Ik leun achterover. Ik ben nog te nerveus om me te ontspannen, maar de ergste stress sijpelt weg. Op dit moment ben ik veilig. Ik heb wat tijd gewonnen. Vlak bij het hotel is een autoverhuurbedrijf. Als ik daar eenmaal ben, vermom ik me en huur een auto. Ze zullen de vliegvelden, treinen en het openbaar vervoer wel in de gaten houden, maar er is een kleine kans dat ik via de binnenwegen de grens met Oekraïne kan bereiken.

De rit lijkt uren te duren. Het verkeer zit erg vast, hoewel het minder erg is dan gister. Maar door het constante optrekken en remmen van de taxi - en de afnemende adrenaline - komt de hoofdpijn weer in volle kracht opzetten, net als de pijn van alle blauwe plekken en schaafwonden. Bovendien voel ik een knagende leegte in mijn maag en is mijn mond kurkdroog.

Natuurlijk. Ik heb sinds gistermiddag niets meer gegeten of gedronken.

Om me wat af te leiden van mijn ellende denk ik aan Misha, zoals hij eruitzag in de laatste foto die Obenko me stuurde. Mijn kleine broertje stond met zijn arm om een mooi bruinharig meisje geslagen - zijn huidige vriendinnetje, volgens Obenko. Het meisje lachte bewonderend naar Misha en hij was trots zoals alleen een puber trots kan zijn.

Voor jou, Misha. Ik sluit mijn ogen om het plaatje vast te houden. *Jij bent het waard.*

'Hm, dat is niet goed,' mompelt de bestuurder. Ik open mijn ogen en zie dat het verkeer voor ons compleet stil is komen te staan. 'Ik vraag me af of er soms een ongeluk gebeurd is.' Hij laat zijn raampje zakken, steekt zijn hoofd naar buiten en tuurt in de verte.

'Is het een ongeluk?' vraag ik berustend. Het lijkt wel of alles samenspant om me in Moskou te houden. Niet alleen zijn de Russische winters streng genoeg om legers te verwoesten, maar het verkeer kan iedere spionage saboteren.

'Nee,' zegt de chauffeur als hij zijn hoofd weer binnen heeft. 'Daar ziet het niet naar uit. Er staat een stel politieauto's en zo, maar er zijn geen ambulances. Het zou een wegversperring kunnen zijn, of ze hebben iemand gepakt...'

Hij is nog niet uitgepraat of ik spring al uit de auto.

'Hé!' roept hij, maar ik ren al zigzaggend tussen de stilstaande auto's door. Alle pijn die ik eerder voelde, is door een golf van angst acuut verdreven.

Een wegversperring. Op de een of andere manier zijn ze achter mijn locatie gekomen - of misschien hebben ze gewoon alle wegen geblokkeerd in de hoop me te vinden. Hoe dan ook, ik ben er gloeiend bij, tenzij ik toch de stad uit weet te komen.

Ik sprint met bonzend hart de straat door richting een smalle steeg die ik eerder zag. Met een auto kunnen ze me daarin niet achtervolgen, dus met een beetje geluk win ik daarmee genoeg tijd om een andere taxi te vinden.

Alles om wat tijd te winnen.

Achter me hoor ik geschreeuw en het geluid van rennende voetstappen. 'Stop!' roept een mannenstem. 'Blijf staan! U staat onder arrest!'

Ik negeer het bevel en ren nog harder. De koude lucht schrijnt in mijn longen terwijl ik het uiterste van mijn beenspieren verg. De steeg doemt donker en smal voor me op en ik dwing mezelf net zo hard te blijven rennen, door te gaan zonder achterom te kijken.

'Stop of ik schiet!' De stem klinkt verder weg en dat geeft me een sprankje hoop. Misschien kan ik hem voor blijven. Ik ben altijd al snel geweest; met mijn lange benen heb ik een voordeel.

Een schot klinkt. Een kogel suist langs me en boort zich in het gebouw voor me.

Shit. Hij schiet *echt*. Ik weet niet waarom dat me verbaast. De Moskouse politie staat er niet om bekend dat ze veel geeft om de burgers die ze geacht worden te beschermen. Ze zijn slechts marionetten van hun corrupte overheid. Het zou me niet moeten verbazen dat ze onschuldige burgers in gevaar brengen om mij te grijpen.

Nog een schot en de sneeuw een eindje voor me spat op. Ik hoor angstige kreten en zie mensen dekking zoeken op de grond.

Alle tumult negerend sprint ik de steeg in. Recht voor me zijn twee grote vuilcontainers, met daarachter een metalen brandtrap aan de zijkant van het gebouw.

Een derde schot. De kogel ketst tegen de container

en raakt me bijna. De agent, of wie me dan ook achterna zit, is een goede schutter.

Ik ben bijna bij de ladder en spring zo hoog als ik kan om de onderste sport te grijpen. In de vaart van mijn sprong zwaai ik mijn benen omhoog en omklem de metalen pijp met mijn voeten. Ik sla mijn knieën over de buis en trek mezelf met al mijn kracht omhoog zodat ik met mijn linkerhand net de volgende sport van de ladder kan grijpen. Het lukt me en ik kom tot een zittende houding voordat ik begin te klimmen.

Nog een schot en de muur voor me ontploft in scherven van bakstenen die overal rondvliegen.

Shit, shit, shit. Ik klauter zo snel ik kan zonder uit te glijden op de ijzige metalen sporten de ladder op. Onder me hoor ik gevloek en geschreeuw. Ik voel de ladder schudden als er nog iemand op springt.

Ik geloof dat ze proberen om me levend gevangen te nemen.

Niet naar beneden kijkend vervolg ik mijn riskante klim. Ik ben niet dol op hoogtes, dus doe ik net alsof dit een training is en er een dikke zachte mat onder me ligt om me op te vangen. Zelfbedrog natuurlijk, maar het helpt me om door te gaan, ondanks dat mijn hart in mijn keel bonst.

Voordat ik het weet, bereik ik het dak en ik spring van de ladder op het platte oppervlak. Het gebouw waar ik op sta, is vierkant met een gat voor de grote binnentuin - een typisch Sovjet-bouwwerk. Ik blijf lang genoeg staan om aan de andere kant van het vierkant nog een brandtrap te zien; dan ren ik verder richting die ladder.

'Blijf staan!' roept iemand weer, en ik realiseer me met een schok dat ze al boven zijn. Ze zitten me op de hielen. Ik kan mezelf niet inhouden en kijk toch om. Twee mannen achtervolgen me. Ze dragen politie-uniformen en een van hen heeft zijn wapen getrokken. Het zijn twee forse mannen, blijkbaar snel en sterk. Ik zal hen niet lang voor kunnen blijven.

Andere strategie. Ik trek een sprint en gebruik de tijdwinst om achter een betonnen schoorsteen te schuilen. Ertegenaan leunend probeer ik zo stil mogelijk op adem te komen.

Drie seconden later hoor ik de voetstappen van de mannen.

Tijd om in de aanval te gaan.

Als de eerste agent langs me dendert, steek ik mijn voet uit. Hij struikelt en valt met harde vloek op de grond. Ik hoor zijn wapen over het ijzige dak glijden.

De schutter is uitgeschakeld.

Voordat zijn partner kan reageren, spring ik voor hem, mijn rechterhand tot een vuist gebald. Hij duikt naar links weg als ik naar hem uithaal en ik gebruik het momentum van zijn beweging om met links omhoog te stoten.

Mijn linkervuist raakt zijn kin en hij strompelt met een kreun achteruit. Zonder te stoppen, duik ik achter het pistool aan en zie de andere agent hetzelfde doen.

We botsen tegen elkaar en rollen over de grond tot mijn vingers het wapen vluchtig raken.

Yes! Ik grijp het wapen en terwijl de agent me op het dak probeert vast te pinnen, haal ik de trekker over.

Hij schreeuwt en grijpt naar zijn schouder. Ik duw hem van me af met door adrenaline ingegeven superkrachten. Ik probeer op te staan, maar de tweede agent stort zich boven op me en grijpt ruw mijn pols.

'Laat los, trut,' grauwt hij, en op dat moment hoor ik meer voetstappen.

'Heb je haar, Sergey?' roept een man. Nog vijf agenten verschijnen met getrokken wapens op het dak.

Vechten heeft geen zin meer, dus laat ik mijn greep op het wapen verslappen. Het valt met een doffe plof op het dak terwijl Sergey mijn armen achter mijn rug draait en handboeien om mijn polsen slaat.

Ik ben gepakt.

Nu kan ik het wel vergeten.

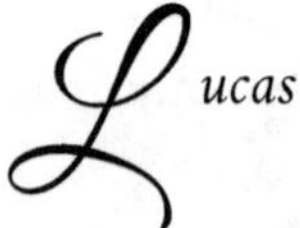

11

Lucas

'Ze hebben wat?'

Mijn stem klinkt als een lage grauw en ik schiet overeind. De verpleegster die om me heen fladdert in een poging me rustig te houden, negeer ik. Razende woede verjaagt de dufheid van de medicijnen. Ik heb geen idee hoelang ik buiten kennis was, maar het was duidelijk veel te lang.

'De terroristen hebben enkele uren geleden het ziekenhuis aangevallen,' herhaalt Sharipov. Hij lijkt zowel vermoeid als gespannen. 'We hebben blijkbaar hun vermogens onderschat, evenals hun vastbeslotenheid uw baas te grijpen. We gaan ervan uit dat ze hem hebben meegenomen, aangezien zijn lichaam zich niet onder de slachtoffers bevindt.'

'Ze hebben Esguerra?' Ik moet mezelf tegenhouden om niet uit bed te springen en de kolonel nu wel met mijn blote handen te wurgen - mijn handen zijn nog steeds ongeboeid. 'Je hebt ze hem verdomme laten meenemen? Ik zei nog dat je hem moest bewaken...'

'Dat deden we ook. We hadden een paar van onze beste soldaten op wacht...'

'Een paar? Het hadden er een paar dozijn moeten zijn, godvergeten idioten!'

De zuster schrikt van mijn brul en springt buiten mijn bereik. Slimme vrouw. Op dit moment zou ik haar ook wel kunnen wurgen.

Sharipovs mond verstrakt. 'Zoals ik al zei, hebben we deze terroristische organisatie duidelijk onderschat. Dat zal niet nogmaals gebeuren. Het was een bloedbad. Ze hebben bij hun aftocht tientallen patiënten en medewerkers verwond. Alle soldaten die op wacht stonden, zijn gedood.'

'Shit.' Ik stomp zo hard in de matras dat het kussen omhoog stuitert. 'Hebben jullie ze op z'n minst kunnen achtervolgen?' Majid zal niet zo dom zijn om Esguerra mee te nemen naar het Al-Quadar hoofdkwartier in het Pamir-gebergte; hij weet vast wel dat we die locatie al hebben.

Sharipov doet behoedzaam een stapje achteruit. 'Nee. De politie is meteen gealarmeerd en we hebben meer soldaten opgeroepen, maar de terroristen wisten weg te komen voordat ze het ziekenhuis bereikten.'

'Godverdomme.' Als mijn been niet in het gips had

gezeten, was ik uit bed gesprongen om de kolonel in zijn vermoeide gezicht te rammen. Nu moet ik genoegen nemen met een stoot in de goedkope matras. De brute actie laat mijn hoofd weer bonzen, maar dat kan me niets schelen.

Terwijl ik hier nutteloos platgespoten lag, hebben ze Esguerra gevangen genomen.

Ik heb in mijn taak gefaald, enorm gefaald.

'Geef me de telefoon,' zeg ik als ik wat gekalmeerd ben. 'Ik moet Peter Sokolov spreken.'

Sharipov knikt en haalt zijn telefoon uit zijn zak. 'Alstublieft.' Hij biedt hem behoedzaam aan. 'We hebben hem al gesproken, maar ga gerust uw gang.'

Ik zou graag Sharipovs hand grijpen en zijn arm breken, maar ik houd me in. Ik tik de cijfers in van de beveiligde verbinding die me langs verschillende schakelingen voert. Ergerlijk genoeg neemt Peter niet op.

Sharipov bestudeert me, dus verberg ik mijn frustratie en probeer het nog een keer. En nog eens. En nog eens.

'Ik kom zo terug,' zegt Sharipov na mijn vijfde poging. 'Bel gerust wie u maar wilt.'

Hij vertrekt en ik probeer Peters nummer nog een keer. Mijn angst en woede groeien. Esguerra's Russische beveiligingsspecialist heeft altijd z'n telefoon bij zich en ik kan me niet voorstellen waarom hij plotseling onbereikbaar zou zijn. Zou Esguerra's landgoed in Colombia ook aangevallen zijn? Die mogelijkheid alleen al maakt me woedend.

Net als ik het op wil geven, neemt hij op. 'Ja?' Het lichte accent is duidelijk dat van Peter Sokolov.

'Met Kent.'

'Lucas?' De Rus klinkt verbaasd. 'Je bent weer wakker?'

'Verdomme, natuurlijk ben ik wakker! Waar ben je? Waarom nam je niet op?'

Een korte pauze aan de andere kant. 'Ik ben net in Chicago geland.'

'Wat?' Dat was wel het laatste wat ik verwachtte. 'Waarom?'

'Esguerra's vrouw. Ze wil voor lokaas spelen.'

'Wat?' Ondanks mijn gebroken been spring ik bijna uit bed.

'Ja, ik weet het. Dat dacht ik eerst ook. Maar kennelijk heeft die paranoïde idioot van een Esguerra een stel gps-zenders in haar geïmplanteerd. Als ze haar vangen om hem te chanteren, kunnen we zo haar locatie nagaan.'

'Shit.' Het plan is geniaal maar erg riskant. Als de terroristen de zenders ontdekken, staat Esguerra's mooie vrouwtje een gruwelijk lot te wachten. En als Esguerra het toch overleeft, zal hij Peter langzaam in kleine stukjes hakken omdat hij het meisje zo in gevaar heeft gebracht. 'Was dit Nora's idee?'

'Ja.' Er klinkt een sprankje bewondering in Peters koele stem door. 'Ik weet niet hoe hij haar in z'n greep heeft, maar ze was vastbesloten. Ik zag het eerst niet zitten, maar ze heeft me overtuigd.'

Ik haal diep adem en laat de lucht langzaam weer

ontsnappen. Ik zou verbaasd moeten zijn - Esguerra heeft het meisje tenslotte ontvoerd - maar ik ben het niet. Hoe hun relatie ook begonnen is, het is duidelijk dat ze nu iets wederzijds hebben. Ik zou tegen Peter moeten uitvaren wegens het negeren van Esguerra's orders, maar dat is zonde van de tijd en energie. Wat hij begonnen is, kan nu niet meer ongedaan gemaakt worden. 'Wat is het plan precies?' vraag ik daarom. 'Ga je in Chicago rondhangen om te zien of ze erin trappen?'

'Nee. Ik ga nu meteen op weg naar Tadzjikistan. Het reddingsteam is al onderweg. Zo gauw Majids mannen haar daar naar toe brengen, zullen we haar - en Esguerra - bevrijden.'

'Er bestaat een kans dat ze Nora niet naar hem toe brengen. Een film waarop ze haar martelen zou al voldoende zijn.'

'Dat weet ik.'

Natuurlijk weet hij dat. Net als ik is hij gewend aan een spel op leven of dood. We kunnen het nog heel lang over de risico's hebben, maar dat zal niet helpen. Het plan slaagt of niet. Ik kan dat niet veranderen.

'Ben je er al achter wat er gebeurd is?' vraag ik, op een ander onderwerp overstappend. 'Sharipov zei dat er misschien sprake was van een vergissing.'

'Een vergissing?' Ik hoor Peter minachtend snuiven. 'Eerder slappe beveiliging. Een van hun officieren is al jaren geheim agent voor Oekraïne en die idioten wisten van niets - totdat hij een raket op jullie vliegtuig afschoot.'

'Oekraïne?' Dat is logisch; nu Esguerra een deal heeft met de Russen wil Oekraïne van hem af. Hoewel… hoe wisten ze zo snel van ons gesprek? Werd het Moskouse restaurant afgeluisterd? Was Buschekov een dubbelspion? Of heeft…

'Het was de tolk,' beantwoordt Peter mijn onuitgesproken vermoeden. 'Zo gauw ik hoorde wat er gebeurd was, heb ik haar in Moskou laten arresteren.'

Plotseling hoor ik een luide pieptoon. Ik heb de telefoon zo hard vastgeklemd dat ik bijna een van de volumeknopjes vermorzel.

'Wat was…'

'Sorry. Verkeerd knopje.' Mijn stem klinkt koel en vlak, hoewel mijn bloed als lava door mijn aderen kolkt. 'De tolk is een Oekraïense spionne?'

'Daar lijkt het wel op. We zijn haar antecedenten nog aan het nagaan, maar tot dusver lijkt de helft van haar achtergrond verzonnen te zijn.'

'Ik begrijp het.' Ik dwing mijn vingers te ontspannen om de telefoon niet te vermorzelen. 'Daarom konden ze zo snel actie ondernemen.'

'Ja. Op de een of andere manier wisten ze precies wanneer jullie het Oezbeekse luchtruim zouden betreden en konden ze daar hun contactpersoon inschakelen.'

Weer een luide piep uit de telefoon als mijn handen zich onwillekeurig verkrampen. Ik weet precies hoe ze aan die informatie kwamen. Ik heb dat klotewijf ongeveer onze vertrektijd verraden.

'Lucas?'

'Ja, ik ben er nog.' Ik kan me niet herinneren dat ik ooit eerder zo woedend ben geweest. Yulia Tzakova - als dat tenminste haar echte naam is - heeft me volkomen belazerd. Haar aarzeling in het begin, die onschuldige uitstraling, het was allemaal bedrog. Ze had vast gehoopt Esguerra te strikken, maar toen ze hem niet kon krijgen, voldeed ik ook.

'Ik moet nu gaan,' zegt Peter. 'Ik neem weer contact op als we in Tadzjikistan landen. Rust goed uit en word snel beter, dat is alles wat je op dit moment kan doen. Ik laat het je weten als er iets gebeurt.'

Hij hangt op en ik dwing mezelf weer te gaan liggen. Mijn razende woede maakt mijn hoofdpijn alleen maar erger.

Als ik Yulia Tzakova ooit weer tegenkom, zal het haar berouwen.

Dan zal alles haar berouwen.

IK BEN NOG STEEDS LAAIEND VAN WOEDE ALS SHARIPOV ZIJN TELEFOON KOMT OPHALEN. Als hij bij mijn bed komt staan, ga ik overeind zitten en kijk hem kwaad aan. 'Een godvergeten vergissing, hè?'

De kolonel wrijft over zijn neusbrug en steekt zijn hand omhoog. 'De verantwoordelijke officier wordt op dit moment ondervraagd. Het is nog niet duidelijk of...'

'Breng me naar hem toe.'

Uit het veld geslagen laat Sharipov zijn hand

zakken. 'Dat is onmogelijk,' zegt hij. 'Dit is een zaak binnen ons leger.'

'Uw leger heeft het totaal verprutst. Jullie hadden een verrader tussen de bemanning van jullie raketafweersysteem zitten.'

De kolonel wil protesteren, maar ik snoer hem de mond. 'Breng me naar hem toe,' eis ik nogmaals. 'Ik moet hem zelf ondervragen. Anders zullen wij gedwongen worden ervan uit te gaan dat er nog meer mensen binnen uw leger en overheid betrokken waren bij deze raketaanval.' Ik zwijg even. 'En misschien zelfs betrokken bij de terroristische aanval op dit ziekenhuis.'

Sharipov spert zijn ogen bij mijn verkapte dreigement. Als blijkt dat de Oezbeekse overheid geassocieerd wordt met een terroristische organisatie, zoals Al-Quadar, zou dat rampzalig zijn voor het land. Het zou me niet verbazen als de kolonel zich bewust is van onze connecties met de V.S. en Israël. Door me te verbieden de verrader te ondervragen, zou de Oezbeekse overheid de machtige Esguerra-organisatie tegen zich in het harnas jagen en een wereldwijde reputatie krijgen voor het samenspannen met terroristen.

'Ik moet dit met mijn superieuren overleggen,' zegt Sharipov na een aarzeling. 'Mag ik alstublieft mijn telefoon terug?'

Ik geef hem terug en kijk hoe hij de kamer verlaat, de telefoon al aan zijn oor. Geduldig blijf ik wachten, volkomen overtuigd van het antwoord. En inderdaad, enkele minuten later komt hij terug. 'Oké, meneer Kent. De officier zal hier binnen een uur naar toe gebracht worden. U kunt hem spreken, maar dat is alles. Ons leger handelt het voor de rest af.'

Ik werp hem een duistere blik toe. Het enige dat het leger nog zal afhandelen, is het afvoeren van het dode lichaam van de verrader, maar dat hoeft Sharipov niet te weten. 'Breng hem hierheen,' is alles wat ik zeg, en ik zak achterover in de hoop dat die bonkende koppijn in het komende uur wat af zal nemen.

Ik kan dan wel niet die tolk onder handen nemen, maar ik zal hier toch mijn gram halen.

Als de verrader arriveert, brengt de verpleegster me een paar krukken en helpt me naar een andere ziekenhuiskamer. Het duurt even tot ik het lopen met krukken doorheb en die verdomde hoofdpijn maakt het niet makkelijker. Tegen de tijd dat ik aankom, zit de man al op een bed, met kolonel Sharipov en een soldaat met een M-16 naast hem.

'Dit is Anton Karimov, de officier die verantwoordelijk was voor het ongelukkige incident met uw vliegtuig,' zegt Sharipov terwijl ik naar hem toe strompel. 'U mag alle vragen stellen die u maar heeft. Zijn Engelse spraak is niet zo best, maar hij begrijpt u goed genoeg.'

Een van de verpleegsters pakt een stoel voor me. Ik ga zitten en bestudeer de transpirerende man voor me. Karimov is begin veertig, te dik, kalend en heeft een borstelige zwarte snor. Hij draagt nog steeds zijn uniform en ik zie grote zweetvlekken onder de oksels.

Hij is zenuwachtig. Nee, meer dan dat.

Hij is doodsbang.

'Voor wie werk je?' vraag ik als de verpleegsters de kamer verlaten hebben. Ik besluit om luchtig te beginnen, aangezien het vast niet moeilijk zal zijn deze man de breken. 'Wie gaf de opdracht ons vliegtuig neer te schieten?'

Karimov krimpt ineen. 'Niemand. Gewoon foutje. Ik poets knopjes...'

Ik onderbreek hem door een van mijn krukken op te tillen en het uiteinde tegen zijn kruis te laten rusten. Hoewel ik maar lichte druk op zijn ballen uitoefen, wordt de man al lijkbleek.

'Wie gaf opdracht ons vliegtuig neer te schieten?' herhaal ik terwijl ik hem direct aankijk. Ik kan zien dat Sharipov zich ongemakkelijk voelt bij mijn manier van ondervragen, maar hem negeer ik. Ik duw de houten kruk iets naar voren om wat meer druk te zetten op Karimovs ballen.

'Niemand,' puft Karimov, terwijl hij wat naar achter schuift om aan de druk op zijn kruis te ontkomen. 'Ik poets de...'

Ik schiet naar voren. Hij slaakt een hoge gil als mijn kruk zijn scrotum tegen de matras perst. 'Lieg verdomme niet! Voor wie werk je?'

'Meneer Kent, dit is niet acceptabel,' stapt Sharipov

naar voren, tussen mij en de gevangene in. 'De afspraak was alleen ondervragen. Als u nu niet ophoudt...'

Voordat hij uitgesproken is, ben ik al gaan staan. Steunend op één kruk haal ik met de andere uit naar de gewapende soldaat. Ik raak hem op de knie voordat hij de kans heeft zijn M-16 in de aanslag te brengen. Hij klapt voorover en ik ruk het geweer uit zijn handen. Meteen richt ik het wapen op Sharipov.

'Wegwezen,' zeg ik met een kinbeweging naar de deur. 'Jij en die soldaat ook. Wegwezen verdomme.'

Sharipov doet een stap achteruit en zijn gezicht wordt rood. 'Waar bent u nou helemaal mee bezig...'

'Wegwezen.' Ik richt het wapen tussen zijn ogen. 'Nu.'

Sharipovs kaak verhardt, maar hij doet wat ik zeg. De soldaat hinkt achter hem aan, me over zijn schouder giftige blikken toewerpend. Ze zullen vast met versterking terugkomen, maar tegen die tijd is het te laat.

Zo gauw de deur achter hen dichtvalt, richt ik mijn aandacht op Karimov. Met het wapen op de verrader gericht zeg ik op bijna vriendelijke toon: 'Zo, waar waren we gebleven?'

De ogen van de man verraden zijn doodsangst. 'Het... het was een fout. Dat zei ik al. Niemand betaalt me. Niemand...'

Ik haal de trekker over en kijk hoe de kogels een bloederig spoor door zijn knie scheuren. De geweerschoten en het daaropvolgend geschreeuw verergeren mijn hoofdpijn, wat me nog furieuzer maakt. 'Ik zei: niet liegen!' brul ik als de man wat minder hard schreeuwt. 'Nu, voor wie werk je?'

'Ik w-weet het niet!' kermt hij. Hij omklemt zijn knie, maar het bloed doorweekt desalniettemin het beddengoed. 'Alles via e-mail! Alles e-mail!'

'Wat voor e-mail?'

'M-mijn Yahoo! Ze sturen al jaren geld naar mijn bankrekening en willen dat ik dingen doe. K-kleine dingen. Ik ontmoet ze niet. Ik heb ze nooit ontmoet...'

'Je weet niet wie het zijn?'

'N-nee,' snikt hij. Hij probeert met zijn mollige handen het bloeden te stelpen. 'Ik weet het niet, ik weet niet, ik weet niet meer...'

Shit. Ik heb de neiging hem te geloven. Hij is een lafaard die alles zou verlinken om zijn eigen hachje te redden en ze waren waarschijnlijk zo verstandig hem niet te vertrouwen. We zullen zijn e-mail hacken, maar ik betwijfel of we daar veel zullen vinden.

Op de gang klinkt geren en geschreeuw, dus ik duw het geweer tegen Karimovs zweterige voorhoofd. 'Laatste kans,' zeg ik grimmig. 'Wie zijn het?'

'Ik weet het niet!' Zijn uitroep is wanhopig en ik weet dat hij de waarheid spreekt. Hij weet verder niets, dus hij is nutteloos. Ik overweeg of ik hem zal sparen en voor hun vermaak aan Esguerra en Peter zal overdragen, maar het zal lastig worden hem uit het land te krijgen.

Daarom zit er nog maar één ding op.

Een kleine druk op de trekker doorzeeft Karimov met kogels. Zijn lichaam knalt tegen de muur; stukjes hersenmassa en bloedspetters vliegen in het rond. Ik laat het wapen zakken en haal diep adem in de hoop het bonken in mijn hoofd te verminderen.

Als Sharipovs troepen enkele ogenblikken later door de deur stormen zit ik in de stoel, het lege wapen aan mijn voeten.

'Mijn verontschuldigingen voor de rotzooi,' zeg ik, me optrekkend aan de krukken. 'Wij nemen alle schoonmaakkosten van de kamer voor onze rekening.'

De geschokte blikken negerend hink ik richting de deur.

 ulia

'Voor welke organisatie werk je?' Buschekov leunt naar voren en neemt me met argusogen op.

Ik staar de Russische functionaris aan. Zijn vraag dringt nauwelijks tot me door. Ik kan maar niet beslissen of zijn ogen nou geelgrijs of bruingeel zijn; welke kleur zijn irissen ook hebben, ze versmelten met zijn grauwgele oogwit, waardoor het lijkt alsof hij helemaal geen kleur in zijn ogen heeft. Eigenlijk is alles aan Arkady Buschekov nogal gelig grijs, van zijn huidskleur tot zijn sprieterige haar, dat op zijn glanzende schedel geplakt zit.

'Voor welke organisatie werk je?' herhaalt hij. Zijn blik is nu priemend. Ik vraag me af hoeveel mensen door die blik alleen al gebroken zijn; als ik zou geloven in röntgenogen zou ik denken dat hij dwars door me heen keek. 'Wie heeft je gestuurd?'

'Ik weet niet waar u het over hebt,' zeg ik. Mijn stem verraadt mijn uitputting.

Ik zit al meer dan vierentwintig uur gevangen en ik heb noch geslapen, noch gegeten of gedronken. Ze proberen me op deze manier te breken, mijn wilskracht te ondermijnen. Het is een standaard ondervragingstechniek hier. De Russen vinden zichzelf te beschaafd om echte martelingen toe te passen, daarom gebruiken ze deze 'mildere' methodes - dingen waar je in de war van raakt, maar die geen blijvende schade aan je lichaam toebrengen.

'Weet je, Yulia Andreyevna,' - Buschekov spreekt me aan met mijn valse achternaam - 'de Oekraïense overheid heeft elke connectie met je ontkend.' Hij leunt verder voorover, wat mij achteruit doet deinzen. Op deze afstand kan ik in zijn adem zijn lunch van zoute vis met knoflookaardappelen ruiken. 'Tenzij een onofficiële organisatie uit Oekraïne je opeist, zullen we je moeten beschouwen als Russisch staatsburger, wat je volgens je valse papieren bent,' gaat hij verder. 'Je weet wat dat inhoudt, toch?'

Dat weet ik. Als ze me aanklagen voor landverraad, zullen ze me executeren. Dat zal me echter niet aan het praten krijgen. Obenko zal me niet komen opeisen, zelfs niet als ik hun illegale instantie zou ontmaskeren. Eén medewerker is niet belangrijk in het grote geheel.

Als ik niet antwoord, leunt Buschekov achterover in

zijn stoel en zucht. 'Oké, Yulia Andreyevna. Dan doen we het op die manier.' Hij knipt met zijn vingers naar de kamerbrede spiegel aan mijn linkerkant. 'We spreken elkaar binnenkort weer.'

Hij staat op en loopt naar de deur in de hoek. Met zijn hand op de klink kijkt hij nog even naar me om. 'Denk goed na over wat ik heb gezegd. Als je niet meewerkt, kan dit erg onplezierig voor je worden.'

Ik reageer niet, maar staar naar mijn handen, die aan de tafel voor me zijn vastgeketend. Ik hoor de deur openen en dichtvallen als hij wegloopt en dan ben ik alleen, afgezien van alle toeschouwers achter de spiegel.

DE TIJD VERSTRIJKT LANGZAAM. IEDERE SECONDE IS EEN marteling. De kwelling van de dorst is alleen vergelijkbaar met het knagende hongergevoel in mijn ingewanden. Ik probeer mijn hoofd op het bureau te leggen om wat te slapen, maar iedere keer dat ik dat probeer, gaat er een oorverdovend alarm af dat me overeind doet schrikken. Hoewel ik uitgeput ben, valt het krijsende geluid niet te negeren, dus op een zeker moment probeer ik het maar niet meer en zit alleen overeind op mijn stoel wat te dutten.

Ik weet waar ze mee bezig zijn, maar dat maakt het niet makkelijker te doorstaan. Mensen die nog nooit gedwongen slaaptekort hebben meegemaakt, begrijpen niet dat het een regelrechte marteling is, dat na een tijdje ieder lichaamsdeel uitvalt. Ik ben misselijk, ik heb het vreselijk koud en alles doet pijn - mijn maag, mijn spieren, mijn huid, mijn botten... zelfs mijn tanden. De hoofdpijn van eerder vlamt als bliksem door mijn hoofd en mijn lippen zijn gebarsten door uitdroging.

Hoe lang geleden heeft Buschekov me hier alleen achtergelaten? Een paar uur? Een dag? Ik weet het niet en het maakt me ook bijna niets meer uit. Het enige voordeel is dat ik tenminste niet naar het toilet hoef. Ik ben te uitgedroogd en mijn maag is te leeg. Niet dat me vernedering bespaard is gebleven. Bij aankomst werd ik uitgekleed en hebben ze iedere centimeter van mijn lichaam onderzocht. Hoewel ik nu een grijze gevangenisoverall aanheb, voel ik me nog steeds naakt. En ik huiver als ik terugdenk aan hoe de gehandschoende vingers van de bewakers me overal bezoedelden.

Ik sluit eventjes mijn ogen en meteen klinkt het krijsende alarm dat me weer op doet schrikken. Ik open mijn ogen en probeer te slikken, het kleine beetje speeksel in mijn mond verzamelend zodat ik mijn keel kan bevochtigen. Maar het lijkt alsof mijn mond vol zand zit. Slikken doet meer pijn dan niet slikken, dus geef ik het maar op en focus op simpelweg overleven. Ze zullen me niet zomaar laten sterven; ze willen tenslotte informatie van me. Zodoende moet ik het vol blijven houden totdat ze me iets te drinken geven.

Totdat ze terugkeren om me opnieuw te ondervragen.

Mijn gedachten dwalen af naar de afgelopen dagen.

Er is geen enkele reden om niet meer aan Lucas te denken, dus laat ik de herinneringen me overspoelen. Ze overvallen me, scherp en bitterzoet, en voeren me weg van mijn uitgeputte pijnlijke lichaam.

Ik herinner me hoe hij me kuste en hoe hij bij me en in me paste. Ik herinner me zijn smaak, zijn geur en het gevoel van zijn huid tegen de mijne. Hij keek me aan terwijl hij me neukte, me met zijn intense blik bezittend. Was onze nacht samen belangrijk voor hem? Of was ik maar een onenightstand, een bevrediging van zijn lust terwijl hij op doorreis in Moskou was?

Mijn ogen branden als ik voor me uit naar de muur staar. Wat hij er ook van vond, het is niet meer van belang. Het was al niet belangrijk, maar nu helemaal niet meer. Lucas Kent is dood, zijn lichaam waarschijnlijk in stukken gereten.

De kamer om me heen wordt onscherp en vertroebeld. Daarnaast zit ik te beven, ben ik kortademig en heb hartkloppingen. Waarschijnlijk het gevolg van uitdroging en slaapgebrek, maar het voelt alsof iets binnen in me het aan het opgeven is. Alsof een vuist zich om mijn hart sluit en het vermorzelt. Ik wil me opkrullen tot een bal en in mezelf terugtrekken, maar dat is onmogelijk, met mijn handen aan de tafel en mijn voeten aan de grond vastgeketend.

Ik kan hier alleen maar zitten, rouwend om iets dat niet echt was - en dat nu ook nooit zal worden.

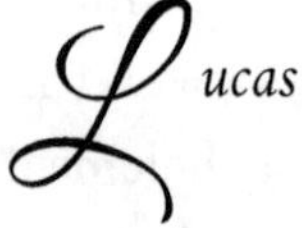

13

Lucas

NA DE ONDERVRAGING VAN KARIMOV STELT SHARIPOV tien gewapende soldaten aan om de wacht over me te houden en de zusters te vergezellen als ze me verzorgen. Ik weet dat hij graag meer zou willen doen, me gevangennemen of zo, maar hij durft het niet aan. Peter heeft wat invloed op zijn Russische connectie uitgeoefend, dus iedereen in het ziekenhuis gedraagt zich voorbeeldig - de gewapende bewaking daargelaten.

Maar ik heb geen problemen met mijn nieuwe gevolg. Nu ik iets van mijn woede heb kunnen botvieren, ben ik wat gekalmeerd. De tijd tussen Karimovs dood en Esguerra's reddingsoperatie besteed ik aan op krukken leren lopen. Volgens de artsen is mijn scheenbeen mooi recht gebroken, dus zou ik binnen zes tot acht weken van het gips af kunnen zijn. Dat biedt me wat troost en vermindert mijn woede en frustratie dat ik hier in het ziekenhuis vast zit terwijl anderen mijn taken uitvoeren.

Peter houdt me op de hoogte, dus ik weet dat Al-Quadar toegehapt heeft. Nu is het een kwestie van afwachten tot ze Nora naar dezelfde schuilplaats brengen waar ze Esguerra vasthouden. Ik voel me optimistisch, dus regel ik alvast een Zwitserse kliniek voor Esguerra en Nora om te herstellen na hun redding. Ik heb het idee dat ze die wel nodig zullen hebben. Ook overleg ik met Peter over de beste manier om Esguerra te bevrijden, in welk hol ze hem ook hebben verstopt. Ik kijk ook regelmatig hoe het met de verbrande mannen gaat. Ze worden nog altijd kunstmatig in coma gehouden om ze te behoeden voor de pijn, maar ze zullen allemaal uitgebreide huidtransplantaties nodig hebben. De kosten daarvan kunnen alleen door Esguerra goedgekeurd worden, wanneer hij terugkomt.

Door al deze bezigheden breng ik niet veel tijd in bed door en daar maken de artsen zich druk om. Ze vinden dat ik stil in bed moet blijven liggen en me niet te druk moet maken, zodat ik kan herstellen van mijn hersenschudding. Ze lijken niet te begrijpen dat ik bezig moet blijven, want zelfs barstende koppijn is beter dan stilliggen en terugdenken aan *haar*.

De Russische tolk en Oekraïense spionne.

Yulia.

Als ik alleen al aan haar denk, schiet mijn bloeddruk omhoog. Ik weet niet waarom ik haar verraad niet los kan laten. Het is niet eens echt verraad. Ze was me in feite niets verschuldigd. Ik kwam naar haar flat om haar lichaam te gebruiken voor mijn lust en in plaats daarvan gebruikte zij mij. Dat maakt haar mijn tegenstander, iemand die ik wil vermoorden, maar dat betekent niet dat ze mij verraden heeft. Ik zou me niet druk om haar moeten maken, net zomin als ik dat doe om Al-Quadar.

Ik zou het niet moeten doen, maar ik doe het toch.

Ik denk steeds aan haar. Denk terug aan hoe ze naar me keek en hoe haar adem stokte toen ik haar voor het eerst aanraakte. Hoe ze me vastgreep toen ik diep in haar stootte, haar kutje glad en strak om mijn penis. Ze wilde mij - dat weet ik zeker - en de seks was de beste die ik in jaren had meegemaakt.

Misschien wel de beste seks ooit.

Shit.

Ik kan mezelf niet zo blijven tergen. Ik moet dat meisje vergeten. Ze is nu in handen van de Russen, dus ze is niet langer mijn probleem. Op de een of andere manier zal ze boeten voor wat ze heeft gedaan.

Die gedachte zou me moeten troosten, maar in plaats daarvan maakt hij me alleen nog maar razender.

'WE HEBBEN ZE.'

Bij het horen van Peters stem kom ik overeind, te gespannen om stil te blijven zitten. 'Hoe is het met ze?' Het is lastig balanceren op de krukken terwijl ik probeer de telefoon vast te houden, maar ik red het.

'Esguerra is er ernstig aan toe. Ze hebben z'n gezicht flink toegetakeld - ik denk dat hij een oog kwijt is. Met Nora gaat het best goed. Zij heeft Majid gedood. Schoot 'm in z'n kop voordat we aankwamen.' Peters stem klinkt vol bewondering. 'Koelbloedig doodgeschoten, kan je het je voorstellen?'

'Verdomme.' Ik kan het niet voor me zien en probeer het dus niet eens. In plaats daarvan concentreer ik me op het eerste gedeelte van zijn verslag. 'Esguerra is een oog kwijt?'

'Daar lijkt het wel op. Ik ben geen dokter, maar het zag er niet goed uit. Hopelijk kunnen ze dat daar in Zwitserland oplappen.'

'Ja.' Die Zwitserse kliniek is dé plek waar ze zoiets kunnen fixen. Allerlei soorten steenrijken en beroemdheden worden daar behandeld, van Russische oliemagnaten tot Mexicaanse drugsbaronnen. Je betaalt er minimaal dertigduizend Zwitserse franc per nacht, maar dat is geen probleem voor Julian Esguerra.

'Hij wil trouwens dat jij en de anderen ook naar die kliniek worden overgeplaatst,' zegt Peter. 'We sturen dadelijk een vliegtuig om jullie om te halen.'

'Ah.' Dat had ik eigenlijk wel verwacht, maar het is toch fijn om te horen. In die luxueuze Zwitserse kliniek herstellen zal een stuk prettig zijn dan in dit rotgat. 'Was hij niet woedend dat je Nora als lokaas hebt gebruikt?'

'Ik heb hem nog niet echt gesproken. Ik probeer hem te ontlopen.'

'Peter...' Ik aarzel even en besluit dan dat ik hem maar beter kan waarschuwen. 'Als het om Nora gaat, kan Esguerra nogal heftig reageren. Er is grote kans dat hij...'

'Me met blote handen wil wurgen. Ja, dat weet ik.' De Rus klinkt eerder geamuseerd dan bezorgd. 'Daarom zet ik hen ook alleen af bij de kliniek en daarna vertrek ik. Ik laat het verder aan jou over.'

'Vertrekken? Maar hoe zit het dan met je lijst?' Iedereen weet dat Peter drie jaar voor Esguerra zou werken in ruil voor de lijst met namen - de namen van degenen die verantwoordelijk waren voor wat er met zijn gezin is gebeurd.

'Maak je daar maar geen zorgen over.' Peters stem wordt ijskoud. 'Zij krijgen wat ze verdienen.'

'Oké dan.' Ik zou nu de bewakers opdracht moeten geven Peter op te pakken. Dat zou Esguerra wel bevallen, maar ik kan het niet over mijn hart verkrijgen de Rus zo te verraden. Hoewel we nog niet zo lang samenwerken, ben ik de man gaan waarderen. Hij is een koelbloedige klootzak en dat maakt hem geknipt voor zijn baan. En ook is hij eerlijk gezegd zo gevaarlijk dat ik het leven van mijn mannen niet op het spel wil zetten. 'Veel succes,' zeg ik. Ik meen het oprecht.

'Dank je Lucas, jij ook. Ik hoop dat jij en Esguerra snel beter worden.'

Dan hangt hij op. Ik heb niets anders te doen dan wachten op het vliegtuig en proberen niet aan Yulia te denken.

WE VERBLIJVEN EEN WEEK IN DE ZWITSERSE KLINIEK. Esguerra ondergaat in die tijd twee operaties - één om zijn gehavende gezicht te herstellen en de andere om een oogprothese in zijn lege linker oogkas geplaatst te krijgen.

'Zijn littekens zullen bijna helemaal verdwijnen,' vertelt zijn vrouw me als ik haar in de gang tegenkom. 'En de oogprothese zal er heel natuurlijk uitzien. Over een paar maanden zullen we er bijna niets meer van zien.' Ze blijft staan en kijkt me met haar grote donkere ogen aan. 'Hoe gaat het met jou, Lucas? Hoe is het met je been?'

'Het gaat goed.' Ik weiger alle pijnstillers, dus eigenlijk heb ik verdomd veel pijn. Maar dat hoeft Nora niet te weten. 'Ik heb geluk gehad. Wij allebei.'

'Ja.' Haar slanke hals beweegt als ze slikt. 'Wat zijn de vooruitzichten voor de anderen?'

'Ze zullen het tot de volgende operatie overleven.' Dat is zo ongeveer het enige positieve wat ik over de drie verbrande mannen kan zeggen. 'Volgens de dokters zullen ze ieder wel een stuk of tien operaties nodig hebben.'

Ze knikt somber. 'Uiteraard. Ik hoop dat de operaties voorspoedig verlopen. Wens ze het beste van me als je ze spreekt.'

Ik knik. Dat zal moeilijk gaan, aangezien ze compleet platgespoten zijn, maar dat hoef ik haar allemaal niet te vertellen. De slanke jonge vrouw voor me heeft het al zwaar genoeg. Esguerra zei dat ze het gebeurde aan het verwerken is, maar ik vraag het me af. Niet veel negentienjarige meisjes uit de buitenwijken knallen een terrorist verrot.

Ik sta op het punt door te lopen als Nora zachtjes vraagt: 'Heb je nog iets van Peter gehoord?' Haar gezichtsuitdrukking is ondoorgrondelijk.

'Nee, niet echt,' zeg ik naar waarheid. 'Hoezo?'

Ze haalt haar schouders op. 'Zomaar. Hij heeft ons leven gered.'

'Juist ja.' Ik heb het gevoel dat er meer achter zit, maar ik vraag niet verder. Daarom knik ik naar haar en hink verder naar mijn kamer.

Die nacht, terwijl ik slaap, komt de blonde spionne op bezoek in mijn gedachten. En ondanks mijn continue hoofdpijn krijg ik een stijve. Dat is de afgelopen week iedere nacht vaste prik. Willekeurige beelden van onze nacht samen komen in me op als ik het niet verwacht - wanneer ik te moe ben om ze tegen te houden. Ik herinner me hoe haar kutje me strak omhulde, de kreuntjes die ze slaakte terwijl ik haar neukte, hoe ze rook, hoe ze smaakte... Ik overweeg ondertussen zelfs of ik een hoer zal moeten regelen. Maar op de een of andere manier is dat het niet.

Ik wil niet zomaar neuken. Ik wil *haar* neuken.

Woest sta ik op, grijp mijn krukken en hink naar de badkamer om me weer af te trekken.

Als alles goed gaat, zijn we morgen terug in Colombia en kan ik dit hoofdstuk van mijn leven afsluiten.

Misschien kan ik Yulia dan voor eens en altijd vergeten.

III

DE GEVANGENE

ucas

M IJN VINGERS BLIJVEN BOVEN HET TOETSENBORD HANGEN TERWIJL IK NAAR HET TOETSENBORD STAAR. Is het wel verstandig wat ik nu ga doen? Dan haal ik diep adem en begin te typen. Mijn e-mail aan Buschekov is kort en duidelijk:

Esguerra verzoekt jullie Yulia Tzakova over te dragen voor verdere ondervraging.

Ik druk op 'verzenden' en sta op, genietend van het feit dat ik weer zonder krukken kan lopen. Ik ben nu twee weken uit het gips en elke keer word ik weer vervuld van vreugde omdat ik kan opstaan en zonder enige hulp kan lopen.

Ik loop mijn kantoor annex bibliotheek uit en ga

naar de keuken om een broodje voor mezelf te smeren. Koken kan ik echt niet, dus het wordt een simpel broodje: ham, kaas, sla en mayonaise tussen twee sneetjes brood.

Om mijn been niet te zwaar te belasten, ga ik aan de tafel zitten. Het geneest goed, maar ik moet wel actief de neiging onderdrukken om te gaan strompelen. Na twee maanden is het bot nog niet volledig hersteld.

Terwijl ik zit te eten, denk ik aan het antwoord dat de Russen me waarschijnlijk gaan sturen. Buschekov zal niet blij zijn om zijn gevangene te verliezen, maar ik denk niet dat hij te fel tegen me ingaat. Esguerra's wapens zijn de beste die hij kan krijgen en nu het conflict met Oekraïne op escaleren staat, heeft het Kremlin onze geheime leveringen aan de rebellen meer dan ooit nodig.

Hoe dan ook zullen ze Esguerra's - nou ja, mijn - verzoek inwilligen. Na twee maanden obsessief aan haar gedacht te hebben, krijg ik Yulia Tzakova eindelijk in handen.

Ik kan verdomme niet wachten.

IN DE TWEE DAGEN DIE VOLGEN, WISSEL IK EEN AANTAL e-mails uit met Buschekov. Zoals ik al verwachtte, is hij niet echt blij. In eerste instantie zegt hij zelfs alleen met Peter Sokolov hierover te willen corresponderen.

'Sokolov is momenteel niet beschikbaar,' deel ik Buschekov tijdens een videogesprek mede. De

Russische ambtenaar maakt opnieuw gebruik van een tolk, een vrouw van middelbare leeftijd ditmaal. 'Ik ben degene die nu voor Esguerra spreekt en hij wil Tzakova zo snel mogelijk overgeplaatst zien, samen met alle informatie die jullie tot dusver uit haar losgekregen hebben.'

'Onmogelijk,' is Buschekovs antwoord zodra de tolk mijn woorden heeft overgebracht. 'Het gaat om nationale veiligheid...'

'Onzin. We willen alleen informatie over haar. Dat heeft niets te maken met de Russische nationale veiligheid.'

Als de tolk dat vertaald heeft, zwijgt Buschekov even. Het is me duidelijk dat hij zijn aanpak aan het heroverwegen is. 'Waarom willen jullie haar hebben?' vraagt hij uiteindelijk.

'Omdat we de persoon of organisatie achter die raketlancering willen vinden.' Dat is tenminste wat ik mezelf voorhoud: dat ik zelf het meisje wil ondervragen om erachter te komen wie de klootzakken zijn die ons vliegtuig neerschoten.

Buschekov knippert niet eens met zijn kleurloze ogen. 'Daar hebben jullie Tzakova niet voor nodig. We zullen de informatie met jullie delen zodra we die hebben.'

'Dus jullie weten het ook niet. En dat terwijl er al twee maanden verstreken zijn.' Ik ben zowel verrast als onder de indruk dat ze het meisje nog niet hebben gebroken. Ze moet heel goed getraind zijn als ze zo lang in staat is ondervragingen te weerstaan.

'We breken haar binnenkort wel.' Buschekov slaat zijn armen over elkaar. 'Er zijn manieren om de informatie sneller uit haar te krijgen en daar hebben we zojuist toestemming voor gekregen.'

Mijn maag trekt samen. Ik heb geprobeerd niet te denken aan wat ze haar in Moskou aandoen, maar soms sluipen die gedachten toch mijn geest binnen - net als de herinneringen aan onze nacht samen. Ik wil dat Yulia boet voor wat ze gedaan heeft, maar de gedachte dat onbekende Russische soldaten haar iets aandoen, wekt iets duisters in me.

'Ik geef niets om jullie toestemming.' Ik leun iets naar de camera toe en dwing mijn stem kalm te klinken. 'Wat je gaat doen, is haar aan ons overdragen. Tenminste, als je onze zakenrelatie in stand wilt houden.'

Als hij me aanstaart, weet ik dat hij zich afvraagt of ik gewoon bluf. En dat is zo - Esguerra heeft me hier geen opdracht toe gegeven - maar dat weet Buschekov niet zeker. Wat de Russische ambtenaar betreft, vertegenwoordig ik de Esguerra-organisatie en sta ik op het punt de stekker uit een voor beiden waardevolle samenwerking te trekken.

'Dat zou niet goed voor jullie aflopen,' zegt Buschekov uiteindelijk. 'Als jullie besloten je tegen ons te keren.'

'Misschien.' Het niet bepaald subtiele dreigement doet me niets. 'Misschien ook niet. Het loopt vaak slecht af met Esguerra's vijanden.'

Ik doel op Al-Quadar, dat absoluut gedecimeerd is

sinds we terug zijn. Al maanden zijn we in gevecht met de terreurorganisatie, al sinds ze Esguerra een zeker explosief afhandig probeerden te maken door Nora te ontvoeren. Maar sinds we terug zijn uit Tadzjikistan, is de situatie geëscaleerd. We zitten nu achter de leveranciers, financiers en familie van de terroristen aan. Niemand die ook maar in de verste verte aan de organisatie gebonden is, ontloopt onze wraak. Het dodental loopt nu tegen de vierhonderd en het verhaal begint bekend te worden binnen de wereld van de geheime informatiediensten.

Een paar gespannen seconden lang reageert Buschekov niet. Ik vraag me of hij mijn bluf doorheeft. 'Goed,' zegt hij dan. 'Jullie krijgen haar over een maand.'

'Nee.' Ik houd Buschekovs blik vast terwijl de vrouw mijn woorden vertaalt. 'Eerder. We laten haar morgen door een van onze vliegtuigen ophalen.'

'Wat? Nee, dat...'

'Dat moet genoeg tijd zijn om alles voor te bereiden,' onderbreek ik de tolk. 'Denk eraan, we willen zowel haar als de bestanden. Ons wil je niet teleurstellen, geloof me.'

Voor hij verder kan protesteren, verbreek ik de verbinding.

De volgende ochtend train ik zoals gewoonlijk samen met Esguerra en de mannen. Net als ik is hij bijna volledig hersteld en laat hij de drie nieuwe rekruten alle hoeken van de ruimte zien. Omdat mijn been nog niet helemaal aangesterkt is, moet ik het bij boksen en schieten houden. Ik ben behoorlijk jaloers dat hij gewoon weer normaal kan sparren.

Als we de trainingsruimte uitlopen, praat ik hem bij over de ontwikkelingen rondom Peter Sokolov. Het is gebleken dat de Rus zijn lijst via Esguerra in handen heeft gekregen en nu werkt hij systematisch de namen af, ze een voor een eliminerend.

'Er was een liquidatie in Frankrijk en twee in Duitsland,' vertel ik terwijl ik met een handdoek het zweet van mijn gezicht veeg. In dit gebied van Colombia, vlakbij de Amazone, is het altijd heet en vochtig. 'Hij verspilt geen tijd.'

'Dat had ik ook niet verwacht,' zegt Esguerra. 'Hoe heeft hij het ditmaal gedaan?'

'De Franse man werd in een rivier gevonden, sporen van marteling en wurging op zijn lichaam, dus hem zal Sokolov eerst wel ontvoerd hebben. Bij een van de Duitsers werd een autobom geplaatst. De ander is neergeschoten door een sluipschutter.' Ik grijns. 'Blijkbaar hebben zij hem minder kwaad gemaakt.'

'Of het was makkelijker.'

'Dat kan ook,' stem ik in. 'Hij weet waarschijnlijk dat Interpol op hem jaagt.'

'Dat weet ik wel zeker.' Esguerra lijkt afgeleid, dus besluit ik het probleem Yulia aan te roeren.

'Trouwens,' zeg ik nonchalant, 'ik laat Yulia Tzakova vanuit Moskou hierheen komen.'

Esguerra blijft staan en staart me aan. 'De tolk die ons aan de Oekraïners verraadde? Waarom?'

'Ik wil haar persoonlijk ondervragen,' zeg ik, terwijl ik de handdoek om mijn hals leg. 'Ik ben er niet zeker van dat de Russen hun werk wel goed doen.'

Als Esguerra zijn ogen toeknijpt, is zijn glazen oog nauwelijks nog te onderscheiden. 'Omdat je die avond in Moskou met haar naar bed bent geweest? Is dat waar dit om gaat?'

Ik klem mijn kaken opeen als een vlaag van woede door me heen raast. 'Ze heeft me genaaid. Letterlijk.' Dat durf ik wel toe te geven. 'Dus ja, ik wil die kleine trut in handen krijgen. Maar ik denk ook dat ze wellicht nuttige informatie voor ons heeft.'

Dat hoop ik in elk geval, want dan kan ik deze absurde obsessie tenminste rechtvaardigen.

Esguerra neemt me even op en knikt dan. 'In dat geval: ga ervoor.' We lopen verder en hij vraagt: 'Heb je het al besproken met de Russen?'

Ik knik. 'Eerst wilden ze alleen met Sokolov onderhandelen, maar ik heb ze ervan kunnen overtuigen dat ze in een goed blaadje wilden blijven bij je. Buschekov zag het licht toen ik hem aan de recente problemen met Al-Quadar herinnerde.'

'Mooi.' Esguerra heeft een uitdrukking van grimmig genoegen op zijn gezicht. In de wereld van de illegale wapenhandel draait alles om reputatie. Het feit dat de Russen toe hebben gegeven is een goed teken, want dat komt de relatie met onze leveranciers en cliënten ten goede.

'Ja, dat helpt zeker,' zeg ik. 'Ze komt morgen aan.'

Esguerra trekt zijn wenkbrauwen op. 'Waar breng je haar onder?' vraagt hij. Het feit dat hij mijn initiatief niet in twijfel trekt, zegt iets over het vertrouwen dat hij in me heeft. Sinds ik in Thailand zijn leven heb gered, geeft hij me alle ruimte om de zaken op mijn manier af te handelen.

'In mijn eigen huis,' zeg ik. 'Ik ondervraag haar daar.'

Als hij grijnst, weet ik dat hij precies begrijpt waar ik op doel. 'Goed. Geniet ervan.'

'Dat zal wel lukken,' zeg ik grimmig. 'Reken maar.'

Ik ben letterlijk de uren aan het aftellen tot Yulia op het vliegtuig stapt. Eerst wilde ik zelf naar Moskou vliegen om haar op te halen, maar nadat ik er even over na had gedacht, besloot ik Thomas, een voormalig piloot bij de marine, en een paar andere mannen die ik vertrouw te sturen. Het zou vreemd zijn als ik zelf ging; ik ben Esguerra's rechterhand. Ik word geacht aan zijn zijde te staan, niet kleine klusjes zoals het ophalen van een spion uit te voeren.

'Als er problemen zijn, laat je het me meteen weten,' instrueerde ik Thomas, ook al verwacht ik die niet.

Over minder dan vierentwintig uur is Yulia Tzakova hier.

Dan is ze mijn gevangene - en niemand zal haar uit mijn klauwen redden.

ulia

ALS DE ZWARE METALEN DEUR AAN HET EINDE VAN DE
GANG RAMMELT, schrik ik wakker. Ik ben inmiddels zo
geconditioneerd dat ik op dat geluid reageer als op een
elektrische schok.

Ze komen me weer halen.

Ik begin te trillen. Ook dat is een geconditioneerde
reactie. Hoe graag ik ook sterk wil blijven, langzaam
breken ze me, dringen ze door mijn pantser heen. Elke
afschuwelijke ondervraging, elke vernedering, groot of
klein, elke dag en nacht vloeien in elkaar over. Samen
met het gebrek aan voedsel en slaap breken ze mijn
wilskracht elke dag een beetje verder af. En het is pas

net begonnen, dat weet ik. Dat was ook wat Buschekov zich de laatste keer in de spiegelruimte liet ontvallen.

Ik probeer mijn ademhaling onder controle te houden en ga op mijn brits zitten, intussen een dunne, smerige deken om me heen trekkend. Buiten is het mei, maar in deze gevangenis is het nog altijd winter. De kilte hier verdwijnt nooit. Hij dringt door de grijze, stenen muren en verroeste metalen tralies heen, sijpelt door de scheuren in de vloer en het plafond. Door het gebrek aan ramen krijgt de zon geen kans om de kille atmosfeer in deze cellen te verdrijven. Ik bevind me in een verlicht grijs dat me elke dag verder in lijkt te sluiten.

Voetstappen.

Snel laat ik mijn in sokken geklede voeten in mijn laarzen glijden. Ze zijn vies, net als de jumpsuit die ik draag. Ik heb al drie weken niet gedoucht en ik moet enorm stinken. Ook dat is een tactiek om me te vernederen, mij me minder menselijk te laten voelen.

'Yulechka...' Het bekende, zangerige toontje maakt me nog heviger aan het trillen. Van alle bewakers haat ik Igor, met zijn grijpgrage handjes en stinkende adem, het meest. Overal hangen camera's, maar hij weet altijd wel een mogelijkheid te vinden om me aan te raken en pijn te doen.

'Yulechka,' herhaalt hij vlak bij mijn cel. Ik zie het genoegen in zijn bruine kraaloogjes. Hij gebruikt een koosnaampje, een verbuiging van mijn naam die normaal gesproken alleen door ouders en andere familieleden gebruikt zou worden. Van zijn dikke lippen klinkt het smerig, pervers, als een pedofiel die een kind aanspreekt.

'Ben je er klaar voor, Yulechka?' Hij blijft me aanstaren terwijl hij aan het slot op de celdeur begint te morrelen.

Ik moet de neiging onderdrukken niet tegen de muur achteruit te deinzen, maar dwing mezelf op te staan en de deken van me af te werpen. Ieder excuus om aan me te zitten grijpt hij aan, dus weiger ik hem er een te geven. Ik loop naar de metalen tralies en blijf daar staan, de misselijkheid die zich in mijn maag samenbalt onderdrukkend.

'Ze willen je daar weer zien,' zegt hij, en hij strekt zijn hand uit naar mijn arm. Als zijn dikke, vettige vingers zich om mijn pols sluiten, moet ik moeite doen niet over te geven. Hij slaat een handboei om de pols en komt dan dichterbij staan om mijn andere pols te pakken. 'Ze zeiden dat je niet terugkomt,' fluistert hij. Ik voel een van zijn handen in mijn achterste knijpen en zich hardhandig tussen mijn billen duwen. 'Wat jammer. Ik zal je missen, Yulechka.'

Gal rijst in mijn keel op als ik zijn gore adem ruik: een combinatie van oude sigarettenrook en rottende tanden. Het kost me ontzettend veel moeite om hem niet weg te duwen. Maar dat zou inhouden dat hij me nog erger gaat betasten; dat heb ik inmiddels wel geleerd. Daarom blijf ik staan en wacht tot hij me loslaat. Hij zal me niet verkrachten - die vernedering is me dankzij de camera's bespaard gebleven - dus ik hoef alleen maar te blijven staan en niet over te geven.

Na een paar seconden klikt de handboei om mijn tweede pols en stapt hij achteruit. Op zijn gezicht ligt een teleurgestelde uitdrukking.

'We gaan,' blaft hij. Ik snak naar frisse lucht, niet bezoedeld door zijn smerige adem, en hoop dat mijn maag wil kalmeren. Ik heb één keer eerder overgegeven, toen ze me na drie dagen niks gegeten te hebben vet vlees voerden, en ik moest het schoonmaken met de deken die nu nog op mijn brits ligt.

Tot mijn opluchting neemt de misselijkheid af als we de gang doorlopen. Dan pas dringt tot me door wat hij gezegd heeft.

Je komt niet terug.

Wat houdt dat in? Word ik naar een andere gevangenis gebracht of hebben ze eindelijk besloten dat het de moeite niet waard is iets uit me te krijgen? Sta ik op het punt geëxecuteerd te worden? Is dat wat Buschekov bedoelde toen hij zei dat hij op toestemming wachtte voor een volgende fase?

Mijn hartslag versnelt en de misselijkheid keert in volle hevigheid terug. Hier ben ik niet klaar voor. Ik dacht van wel, maar nu het zover is, wil ik blijven leven.

Ik wil blijven leven voor Misha.

Maar als ik de Russen geef wat ze willen, zie ik Misha nooit meer. Obenko's zus en zijn gezin zullen moeten onderduiken en ze zullen mijn broertje meenemen. Misha's gelukkige leventje zal geruïneerd worden en dat is dan mijn schuld.

Nee. Mijn ijzeren wil keert terug.

Het is beter als ik sterf.

Dan ben ik tenminste voorgoed van deze hel verlost.

ONDANKS MIJN VASTBERADENHEID VOELEN MIJN BENEN ALS PUDDING ALS IGOR ME EEN ONBEKENDE GANG IN SLEURT. De verhoorkamer is de andere kant op, dus hij sprak de waarheid.

Vandaag staat er iets anders op het programma.

'Deze kant op,' zegt Igor, en hij trekt me richting een stel klapdeuren. Ze zwaaien open als we ze naderen en ik knipper tegen het verblindende licht dat zich erachter bevindt.

Zonlicht.

Het voelt warm en zuiver aan op mijn huid, heel anders dan de kille tl-verlichting van de cel. Ook de lucht voelt anders. Frisser, vol geuren die me doen denken aan de stad in de lente, in plaats van wanhoop en menselijk lijden.

'Hier is ze dan,' zegt Igor. Hij geeft me een zet, de deuren door, en tot mijn verrassing herhaalt een vrouwenstem zijn woorden in Engels met een Russisch accent.

Ik moet mijn ogen toeknijpen in dat overweldigende licht, maar als ik goed kijk, zie ik een kleine vrouw van middelbare leeftijd naast vijf mannen staan. We bevinden ons op een binnenplaats. Achter hen bevindt zich een dikke muur, met prikkeldraad omspannen en meerdere gewapende bewakers erop.

'Wie ben jij?' vraag ik de vrouw in het Engels, maar ze geeft geen antwoord. In plaats daarvan kijkt ze naar een van de mannen. Hij is lang en slank en lijkt hun aanvoerder te zijn.

'U kunt gaan, bedankt,' zegt hij tegen haar. Zijn Amerikaanse Engels is accentloos en ik besef dat zij een tolk is.

Ze knikt naar hen en haast zich dan naar de poort aan de andere kant van de binnenplaats. De man loopt naar me toe, een uitdrukking van walging op zijn smalle gezicht. Waarschijnlijk heeft hij mijn gebrekkige hygiëne opgemerkt.

'Laten we gaan,' zegt hij. Hij pakt mijn arm en trekt me mee.

'Waar breng je me heen?' Ik probeer kalm te blijven. Dit had ik in elk geval niet verwacht. Wat willen Amerikanen van me? Tenzij... Kunnen ze bij...

'Colombia,' zegt de man. Daarmee bevestigt hij mijn angstige vermoeden. 'Julian Esguerra heeft om uw aanwezigheid verzocht.'

Voor ik deze nieuwe klap kan verwerken, heeft hij me naar de andere poort gesleept.

Ik weet niet precies wanneer ik begin te worstelen, of dat nou is wanneer we de gevangenis uit zijn of als we bij het zwarte busje komen. Maar in mij ontwaakt een beest en ik haal met al mijn kracht uit naar de man die me vast heeft.

Ik heb geen idee hoe het kan dat de wapenhandelaar nog leeft, maar op dit moment doet dat er niet toe. Het doodsbange dier in me wil alleen de afschuwelijke marteling ontlopen die me aan het einde van deze reis staat te wachten. Ik heb de informatie over Esguerra gelezen en ook de geruchten gehoord. Hij is niet alleen een keiharde zakenman.

Hij is ook een sadist.

Mijn handen zijn geboeid, dus trap ik tegen de knie van de man terwijl ik tegelijk wegdraai om zijn greep op mijn arm te verbreken. Hij slaakt een kreet en vloekt, maar ik rol al weg van de vijf mannen. Uiteraard kom ik niet ver. Binnen een seconde hebben ze me te pakken. Twee mannen duwen me tegen de grond, waarna ze me omhoog sleuren. Ik blijf vechten, schoppend en bijtend en schreeuwend terwijl zij me in het busje gooien. Pas als de deuren dichtvallen en het busje begint te rijden, geef ik het op. Ik ben uitgeput en mijn hele lichaam trilt. Hijgend probeer ik mijn op hol geslagen hartslag te kalmeren.

'*Hijo de puta*, ze meurt,' moppert een van de mannen. Ik voel mijn wangen branden alsof het mijn eigen schuld is dat ik tot dit walgelijke schepsel verworden ben.

Ze knevelen me om meer geschreeuw te voorkomen. Ook boeien ze mijn polsen aan mijn enkels. Daarna word ik in een hoekje van het busje gesmeten en gaan ze een paar meter verderop zitten.

Ze raken me niet meer aan en na een paar minuten neemt mijn blinde paniek genoeg af om weer helder te kunnen doen.

Julian Esguerra wil me zien. Hij is dus niet omgekomen bij de raketaanval. Hoe kan dat? Loog Obenko of heeft Esguerra geluk gehad? En als de wapenhandelaar het heeft overleefd, hoe zit het dan met de rest van zijn mannen?

En Lucas Kent?

Een bekende pijn trekt door mijn borst als ik aan hem denk. Hij is slechts één nacht bij me geweest, maar ik heb om hem gerouwd. Ik huilde om hem binnen de koude muren van mijn cel. Kan hij nog in leven zijn? En als hij nog leeft, zal ik hem dan weer zien?

Zal hij degene zijn die me martelt?

Nee. Ik knijp mijn ogen dicht en duw die gedachte weg. Daar kan ik nu niet aan denken. Ik moet in het moment leven, net als in de verhoorkamer. Waarschijnlijk zijn de komende uren voorlopig mijn laatste uren zonder afschuwelijke pijn - of überhaupt mijn laatste uren - en ik kan die kostbare tijd niet besteden aan zorgen om de toekomst.

Ik kan die tijd niet verspillen met denken aan een man die hoogstwaarschijnlijk dood is.

In plaats van aan Lucas Kent te denken, dwing ik mijn gedachten naar mijn broertje, zijn zonnige glimlach en de manier waarop zijn kleine, mollige armpjes me vroeger omhelsden. Ik was acht toen hij geboren werd en onze ouders waren bang dat ik de komst van een nieuwe baby in ons hechte gezin zou verafschuwen. Maar dat was niet zo. Ik hield van Misha zodra ik hem in het ziekenhuis zag en toen ik hem voor het eerst vasthield, zijn kleine lichaam in mijn armen, wist ik dat ik hem altijd zou beschermen.

'Wat geweldig dat Yulia zo dol is op haar broertje,' zeiden vrienden van mijn ouders tegen hen. 'Kijk eens hoe goed ze voor hem zorgt. Op een dag wordt ze een geweldige moeder.'

Mijn ouders knikten dan stralend naar me en ik deed nog harder mijn best een goede grote zus te zijn, om te zorgen dat mijn kleine broertje gelukkig, gezond en veilig was.

Het busje komt tot stilstand en ik schrik op uit mijn gedachten. Paniekerig besef ik dat we er zijn.

'Laten we gaan,' zegt de aanvoerder als de deuren openen. Buiten wachten me een landingsbaan en een Gulfstream-privévliegtuig. Met mijn polsen aan mijn enkels gebonden kan ik niet lopen, dus tilt de man die eerder nog over mijn stank klaagde me op en naar het vliegtuig, dat luxueuzer is ingericht dan ik me ooit heb kunnen voorstellen.

'Waar wil je haar hebben?' vraagt hij de aanvoerder, die daar duidelijk over na moet denken. De brede stoelen in de cabine zijn met crèmekleurig leer bekleed, net als de bank naast de koffietafel. Alles is schoon en mooi, in tegenstelling tot mij.

'Daar,' zegt de man tenslotte, op een stoel bij het raam wijzend. 'Leg er eerst een laken op, Diego.'

Een donkerharige man knikt en verdwijnt door een deur achter in het vliegtuig. Een minuut later komt hij terug met iets dat op een beddenlaken lijkt. Hij legt het laken op de stoel en ik word erop gezet.

'Zal ik haar knevel en enkelboeien verwijderen?' vraagt hij de aanvoerder. Maar die schudt zijn hoofd.

'Nee, laat die trut zo maar zitten. Dat zal haar leren.'

Dan lopen ze weg. Ik kan alleen nog maar uit het raam staren en proberen niet te denken aan wat me te wachten staat als het vliegtuig uiteindelijk landt.

ulia

'Kom, laten we gaan.' Harde handen trekken me van de stoel, waardoor ik uit een onrustige slaap wakker schrik. 'We zijn er.'

Waar? Mijn hart begint te bonzen als ik besef dat we al geland zijn. Blijkbaar ben ik in slaap gevallen. Mijn uitputting moet het gewonnen hebben van mijn angst.

Ditmaal heeft een andere man me vast, degene die de aanvoerder Diego noemde. Ik kan niet zeggen dat hij me erg voorzichtig vasthoudt. Maar ik ben toch blij dat ik niet hoef te lopen. Na de hele reis met mijn polsen en enkels aan elkaar geboeid te hebben gezeten, zouden mijn verkrampte spieren daar niet toe in staat geweest zijn. Daarnaast heb ik zo'n honger dat ik er duizelig en misselijk van ben. Ze hebben halverwege de vlucht mijn knevel afgedaan en me wat water gegeven, maar geen eten.

Zodra Diego het vliegtuig uit stapt, word ik overspoeld door een golf vochtige warmte, alsof ik net een Russisch badhuis in gestapt ben - of een regenwoud. Waarschijnlijk het laatste, gezien de dikke, met lianen behangen bomen rond de landingsbaan.

Ondanks mijn angst ben ik verrukt van de begroeiing om me heen. Ik ben dol op de natuur - als kind al - en deze plek trekt me ontzettend aan. De lucht geurt zwaar naar tropische planten, in het gras tsjirpen insecten en ondanks een paar wolken staat de zon stralend in de lucht. Een paar zalige seconden lang heb ik het gevoel dat ik in een paradijs ben beland.

Dan hoor ik een auto aankomen en overweldigt de realiteit me weer.

De eigenaar van dit paradijs gaat me martelen en vermoorden.

Mijn lege maag draait zich om. Ik wil niet toegeven aan de angst, maar ik kan mijn vrees niet de baas als de auto - een zwarte SUV - voor het vliegtuig tot stilstand komt.

Het portier aan de kant van de chauffeur opent en een lange, breedgeschouderde man stapt uit. Het zonlicht weerkaatst op zijn korte, lichte haar.

Ik kan mijn ogen niet van hem afhouden - of ademhalen.

Lucas Kent.

Hij leeft nog.

Zijn lichte ogen ontmoeten de mijne en de wereld om me heen vervaagt. Ik vergeet mijn honger en ongemak, mijn boeien en mijn angst voor de toekomst.

Het enige waar ik me bewust van ben, is een hevige, irrationele vreugde dat Lucas nog leeft.

Hij loopt op me af en ik dwing mezelf in te ademen. Met zijn brede, gespierde schouders is hij nog groter dan ik me herinnerde. Gekleed in een mouwloos camouflageshirt en een kapotte spijkerbroek, met een geweer op zijn rug, lijkt hij op precies wat hij ook is: een meedogenloze huurling, in dienst van een topcrimineel.

'Ik neem het wel over, Diego,' zegt hij als hij bij ons is. Als hij zonder naar me te kijken zijn handen naar me uitsteekt, begin ik te beven. Diego draagt me zonder iets te zeggen over en als ik Lucas' handen op mijn lichaam voel, begint ik heviger te trillen. Zijn aanraking lijkt me zelfs door het ruwe materiaal van de jumpsuit heen te branden.

Hij keert zich om en loopt richting de auto, mij tegen zijn borst gedrukt. Mijn ongewassen staat lijkt hem niet te deren en ik kan een huivering niet onderdrukken als ik de warmte van zijn lichaam mijn lichaam voel binnendringen en iets van de resterende kou daar voel verdrijven. Ik zou doodsbang moeten zijn, maar in plaats daarvan ben ik me alleen maar van hem bewust - van die onlogische aantrekkingskracht die ik alleen bij hem ervaar. Tegelijkertijd voel ik druk op mijn voorhoofd en branden mijn ogen, alsof ik op het punt sta in tranen uit te barsten.

Levend. Hij leeft nog.

Het lijkt onwerkelijk. Dit alles lijkt onwerkelijk. Mijn werkelijkheid is een grijze, stinkende cel in een Russische gevangenis. Igors vettige handen en Buschekovs verhoorkamer met spiegels. Honger, dorst en verlangen - verlangen naar het leven dat me ontglipte toen mijn ouders' auto slipte, naar het broertje dat ik alleen nog van foto's ken, naar de man die ik slechts één dag heb gekend.

De man die ik vermoord meende te hebben, maar die me nu in zijn armen heeft.

Is dit alles een droom? Een fantasie van mijn uitgeputte, met slaapgebrek kampende geest? Kan ik op dit moment bewusteloos op de verhoortafel liggen, tot dat snerpende alarm me zo terug sleurt naar de werkelijkheid?

Lucas' gezicht wordt wazig en dan besef ik dat ik inderdaad huil. Grote tranen wellen op en rollen over mijn wangen. Beschaamd probeer ik ze weg te vegen, maar ik kan er niet bij omdat mijn handen nog aan mijn enkels gebonden zitten. De beweging is onhandig en schokkerig. Als Lucas me aankijkt, staat zijn gezicht strak.

'Klotewijf,' zegt hij zo zacht dat ik hem nauwelijks kan horen. 'Denk je dat je me met tranen kunt manipuleren?' Zijn omarming verstrakt en voelt hard, bestraffend. Dan komen we bij de SUV en kijkt hij op me neer alsof hij een antwoord verwacht. Als ik blijf zwijgen, wordt zijn uitdrukking nog harder. 'Je zult boeten voor wat je hebt gedaan,' belooft hij me. Zijn stem klinkt zacht maar woedend. 'Je zult boeten voor alles.'

Dan rukt hij het portier open en smijt me op de achterbank. Als mijn rug de met leer beklede bank raakt, besef ik dat ik het mis had.

Dit is geen droom.

Het is een nachtmerrie.

DE RIT DUURT SLECHTS EEN PAAR MINUTEN. LUCAS RIJDT in stilte en ik maak van de tijd gebruik om mijn evenwicht te hervinden. Vreemd genoeg helpt de gedachte aan de dreiging mijn tranen te drogen. Mijn verraste vreugde ontwikkelt zich tot een kille angst als ik verwerk dat Lucas Kent nog leeft en hij inderdaad degene is die me gaat laten boeten.

Is het vliegtuig überhaupt wel neergestort? Zo ja, hoe hebben Esguerra en hij dat dan overleefd? Ik wil het Lucas vragen, maar ik kan me er niet toe zetten de stilte te verbreken. Zijn woede hangt haast tastbaar in de lucht, als een kwaadaardige kracht die vecht om losgelaten te worden. Hij heeft zijn wapen op de passagiersstoel naast zich gezet, maar dat vermindert de dreiging die van hem afstraalt geenszins.

Als hij wil, kan hij me met zijn blote handen ombrengen.

Als de wagen het zwaar beboste deel achter zich laat, zie ik een groot, wit huis in de verte. Het wordt omringd door zorgvuldig onderhouden gazons, die een enorm contrast vormen met de jungle achter ons. Verderop zie ik gevechtstorens, een paar meter uit elkaar. Die aanblik verrast me niet. In Esguerra's gegevensbestand stond dat het Colombiaanse landgoed zwaar bewaakt wordt, ondanks de afgelegen locatie aan de rand van het Amazone-regenwoud.

Maar we gaan niet naar het grote huis; in plaats daarvan rijden we langs de jungle naar een groepje kleinere huizen en compacte gebouwtjes. Hier moeten de bewakers en anderen wonen, besef ik als ik gewapende mannen zie - en hier en daar een vrouw - die de gebouwen in en uit lopen.

De auto stopt voor een vrijstaand huis met een veranda en Lucas stapt uit. Het wapen laat hij in de wagen liggen. Hij smijt het portier achter zich dicht en ik krimp ineen, proberend de angst te negeren die me van binnenuit dreigt te verstikken. Maar doodsangst kleeft dik en bitter in mijn keel. Op de een of andere manier is het erger dat het Lucas is die me die vreselijke dingen gaat aandoen, dat hij degene is die mijn vingernagels eruit gaat rukken of me stukje bij beetje gaat opensnijden.

En het is zoveel erger omdat ik me in de gevangenis in Moskou inbeeldde dat ik bij hem was. Ik fantaseerde dat hij me vasthield en dat ik in zijn sterke armen veilig was.

Lucas loopt om de wagen heen en open het achterportier. Hij grijpt me vast en sleurt me naar buiten. Zonder een woord te zeggen, tilt hij me op en schopt met zijn voet het portier dicht. Opnieuw is zijn greep hard en bestraffend en ik weet dat dit pas het begin is.

Mijn fantasieën zullen verpletterd worden onder het gewicht van de werkelijkheid.

Hij draagt me met gemak de veranda op, alsof ik niets meer weeg dan een veertje. Hij is ontzettend sterk, maar dat biedt geen veiligheid. Niet voor mij. Misschien voor een vrouw in de toekomst, een vrouw die hij zal liefhebben en wil beschermen.

Iemand die hij niet zo zal haten zoals hij mij haat.

Als hij de deur opent en draait om zijdelings met mij naar binnen te stappen, vang ik een glimp op van enkele mensen die ons vanaf de weg nieuwsgierig aan staan te kijken. Ik zie meerdere mannen en een vrouw van middelbare leeftijd. Heel even voel ik de neiging ze om hulp te smeken, ze te vragen me te redden. Maar die neiging is even snel verdwenen als ze opkwam. Deze mensen zijn geen onschuldige voorbijgangers. Het zijn werknemers van een sadistische wapenhandelaar en dat maakt ze volkomen medeplichtig aan wat mij hier gaat overkomen.

Daarom blijf ik zwijgen als Lucas me het huis binnendraagt en opnieuw met zijn voet de deur dichtschopt. Hij kijkt me niet aan, dus neem ik hem in me op. Zijn kaak staat strak. Hij is nog steeds woedend. De razernij straalt hem af als warmte van een kaarsvlam. Ik vraag me af waarom hij zo boos is. Dit soort dingen - Esguerra's vijanden laten boeten - moeten routine zijn voor hem. Ik had kille afstandelijkheid verwacht, niet deze withete woede.

Nu ik erover nadenk, had ik ook verwacht dat hij me naar een pakhuis of een schuur zou brengen, ergens waar het niet erg zou zijn als er bloed en lichaamssappen vloeien. In plaats daarvan bevind ik me in een woonhuis, zij het schaars gemeubileerd. Een zwarte leren sofa, een televisie, grijs tapijt en witte muren - de kamer waar hij me doorheen draagt is niet luxueus, maar het is zeker geen martelkamer. Is dit Lucas' huis? Maar waarom ben ik hier dan?

Maar voor die gedachten heb ik nu geen tijd, want hij tilt me een grote, wit betegelde badkamer binnen. Ik zie een enorme badkuip, een douche met glazen wanden en een toilet met een wastafel ernaast.

Dit is zeker weten geen martelkamer.

'Waarom heb je me hierheen gebracht?' Mijn stem klinkt hees omdat ik al zo'n tijd gezwegen heb. Ik heb niets meer gezegd sinds Esguerra's mannen me knevelden in Moskou. 'Dit is jouw huis, hè?'

Er trekt een spiertje bij Lucas' kaak, maar hij geeft geen antwoord. In plaats daarvan laat hij me in de douche op de vloer zakken en haalt een sleutel uit zijn zak. Hij maakt mijn handboeien los en dan ook de enkelboeien. Dan trekt hij me omhoog.

'Je hebt verdomme een douche nodig,' zegt hij bot. 'Trek die kleren uit. Nu.'

Maar ik zak door mijn knieën, die mijn gewicht niet zo plots kunnen dragen - ondanks dat mijn pijnlijke rug een zucht van verlichting lijkt te slaken nu hij zich weer kan rechten. Mijn hoofd tolt van ondervoeding en uitputting en alleen Lucas' greep weerhoudt me ervan in een hoopje op de grond te eindigen.

Een douche? Hij wil dat ik ga douchen? Voor ik dat vreemde verzoek goed en wel verwerkt heb, gromt hij ongeduldig en grijpt de rits van mijn jumpsuit om die vervolgens ruw naar beneden te trekken.

'Wacht, ik kan...' Ik probeer de rits met één trillende hand te pakken, maar het is al te laat. Lucas draait me om, waardoor ik met mijn gezicht tegen de douchewand geperst wordt, en rukt de jumpsuit naar beneden. Nu draag ik niets meer dan een slecht passende hoge slip en een uitgerekte sportbeha - het enige ondergoed dat je in de gevangenis dragen mag. Binnen een seconde heeft hij ook die van me af getrokken en draait hij me naar zich toe.

'Laat me het je geen twee keer hoeven zeggen.' Zijn vingers omvatten mijn kaak in een harde greep; zijn andere hand sluit zich om mijn bovenarm. 'Je doet wat ik zeg, begrepen?' In zijn ogen zie ik ijzige woede en nog iets anders.

Lust.

Hij wil me nog steeds.

Mijn hart begint te bonzen als ik besef dat ik naakt voor hem sta. Achteraf gezien had ik dit moeten verwachten. In mijn hoofd staat wat eerder tussen ons is gebeurd volledig los van de straf die hij gaat uitdelen, maar ik had beter moeten weten.

Bij mannen als Lucas Kent gaan seks en geweld samen.

'Begrepen?' herhaalt hij. Zijn vingers dringen

pijnlijk in mijn huid en ik knipper, de enige beweging die ik kan maken. Blijkbaar is dat voldoende, want hij laat me los en stapt achteruit.

'Was jezelf,' beveelt hij me. Dan stapt hij de douche uit en sluit de glazen deur achter zich. 'Je krijgt vijf minuten.'

Met zijn armen voor zijn enorme borst over elkaar geslagen leunt hij tegen de wand van de badkamer en blijft me afwachtend aankijken.

Lucas

ALS ZE NAAR DE KRAAN REIKT, ZIE IK DAT ZE OVER HAAR hele lichaam trilt van de inspanning. Ze is zwak en dun, veel fragieler dan toen ik haar voor het laatst zag. Het feit dat dat me dwarszit, maakt me nog kwader.

Ik had verwacht dat ik een combinatie van lust en haat zou ervaren, dat ik zou genieten van haar lijden terwijl ik me aan haar verraderlijke lichaam zou laven. Ik was van plan haar als seksspeeltje te gebruiken tot mijn obsessie met haar verdwenen was en dan doen wat nodig is om de poppenspeler te vinden die aan haar touwtjes trekt.

Maar dit bleke, besmeurde figuurtje had ik niet verwacht - noch wat die aanblik met me doet.

Hebben ze haar uitgehongerd? Dat moet wel, want ik kan haar ribben tellen. Haar buik is ingevallen, haar heupbeenderen steken uit en haar ledematen zijn pijnlijk mager. Ze moet bijna tien kilo zijn kwijtgeraakt de afgelopen twee maanden en ze was al slank.

Maar het lukt haar het water aan te zetten en ik moet me bedwingen te blijven staan als ze langzaam naar de shampoo reikt. Ze kijkt niet naar me; al haar aandacht is gericht op wat ze aan het doen is en ik bespeur een nieuwe vlaag van woede, lust en dat verontrustende andere gevoel.

Het doet me verdacht veel aan beschermingsdrang denken.

Verdomme. Ik klem mijn kaken op elkaar en bedwing de bizarre neiging de douche in te lopen en haar tegen me aan te trekken. Niet om haar te neuken, hoewel ik dat ook wil, maar om haar vast te houden.

Haar troost te bieden met mijn omhelzing.

Woedend wissel ik van houding, terwijl zij haar haren inzeept. Ondanks dat ze zo mager is, is haar lichaam elegant en vrouwelijk. Haar borsten zijn kleiner dan eerder, maar nog altijd vol, met strakke, roze tepels onder de stralen van de douche. Ditmaal zie ik zachte blonde krulletjes tussen haar benen; na twee maanden niet scheren of waxen is het haar op haar kutje weer aangegroeid. Mijn penis was al half stijf nadat ik haar had uitgekleed en bij deze aanblik verhardt hij helemaal. Ik stel mezelf voor dat ik de douche in stap, mijn spijkerbroek openrits en me zonder enige voorbereiding in haar strakke hitte ram.

Haar gewoon neem, als het seksspeeltje dat ik wilde dat ze werd.

Niets of niemand kan me daarvan weerhouden. Ze is mijn gevangene. Ik kan met haar doen wat ik wil. Ik heb nog nooit een vrouw gedwongen, maar ik heb dan ook nog nooit een vrouw tegelijkertijd begeerd en gehaat. In welke zin is haar verkrachten erger dan haar met een mes in haar vlees dwingen te praten?

Geen enkele, uiteraard. Ik mag haar pijn doen op welke manier ik maar wil.

Maar ik wil haar nu geen pijn doen. Het geweld dat in me suddert, is niet tegen haar gericht. Het is gericht tegen hen die haar pijn gedaan hebben. Toen ik haar in Diego's armen zag hangen, met haar lange haren dof en slap om haar bleke gezicht, voelde ik een ongekende razernij. En toen ze begon te huilen, kostte het me enorme moeite om haar niet tegen me aan te trekken en te beloven dat niemand haar ooit nog pijn zou doen.

Zelfs ik niet.

Die neiging maakte me toen al kwaad en nu nog steeds. Ik twijfel er niet aan dat die heks wist wat ze met me deed met die tranen, net als dat ze wist hoe ze me informatie moest ontfutselen tijdens die nacht in Moskou. Haar kwetsbare verschijning is niet meer dan dat, een verschijning. Dat prachtige blonde uiterlijk verbergt een getrainde agent, een spion die even goed is in psychologische spelletjes als buitenlandse talen.

'Je vijf minuten zijn voorbij,' zeg ik terwijl ik me van de muur af duw. Ze heeft haar haren en lichaam gewassen en staat nu met gesloten ogen en haar hoofd gekanteld onder de straal. 'Kom eruit.' Mijn stem klinkt fel en verraadt niets van mijn innerlijke onrust.

Ze naait me echt niet nog een keer.

Mijn woorden laten haar duidelijk schrikken, want haar ogen vliegen open en ze tast naar de kraan. Ze staat nog steeds te trillen, maar minder dan eerst. Even vraag ik me af hoeveel daarvan voorgewend is en hoeveel daadwerkelijke zwakte.

Ik trek de douchedeur open, pak een handdoek en gooi die haar toe. 'Droog jezelf af.'

Ze gehoorzaamt, eerst haar haren en dan haar lichaam drogend. Terwijl ze daarmee bezig is, vallen mij de blauwe plekken op haar benen en ribbenkast op, evenals de blauwe kringen onder haar vermoeide ogen.

Verdomme. Die zijn in elk geval niet voorgewend.

'Dat is genoeg.' Ik negeer een onlogische vlaag van medelijden en ruk de handdoek uit haar handen, om hem vervolgens aan een haakje te hangen. 'We gaan.'

Haar ogen staan smekend als ik haar arm pak, maar ik negeer haar stille pleidooi en blijf haar te hard vasthouden. Ik kan deze zwakte niet toestaan. Deze obsessie moet beheerst worden. Ik heb er de afgelopen twee maanden vrede mee gekregen dat mijn verlangen naar haar bleef bestaan, maar dit gaat wel wat verder dan dat.

Ze struikelt als ik haar de deur door trek en ik til haar op, mezelf voorhoudend dat het makkelijker is haar te dragen in plaats van voort te slepen. Als ik haar tegen mijn borst druk, voel ik haar zachte borsten en ruik ik haar nu schone geur, verfrist door een vleugje van mijn eigen douchegel. Opnieuw welt lust in me op. Alle gedachten aan haar te lichte gewicht in mijn armen worden verdreven, en daar ben ik blij om. Dit is wat ik nodig heb: begeerte naar haar, niets anders. Maar deze fragiele, sneue verschoppeling is niet degene die ik onder handen wil nemen.

Ik heb haar sterker nodig.

Ik was op weg naar de slaapkamer, maar loop in plaats daarvan naar de keuken. Haar ademhaling gaat snel, maar ze spartelt niet tegen. Ongetwijfeld weet ze hoe zinloos dat zou zijn in haar verzwakte staat.

Eenmaal in de keuken zet ik haar op een stoel en stap dan achteruit. Meteen trekt ze haar knieën op, waardoor veel van haar naakte lichaam aan het zicht onttrokken wordt. Haar ogen staan groot en angstig in haar gezicht; haar natte haren plakken aan haar rug en schouders.

'Je gaat wat eten,' zeg ik haar. Dan wend ik me tot de koelkast. Ik pak kalkoen, kaas en mayonaise. Dat leg ik op het aanrecht, en ik reik naar het brood dat daar ook ligt. Terwijl ik de sandwich maak, houd ik haar in de gaten voor het geval ze iets probeert - maar dat doet ze niet. Ze zit daar alleen maar, achterdochtig toekijkend terwijl ik mayonaise op twee sneden brood smeer, er wat kaas en kalkoen op leg en het geheel dan op een bord leg.

'Eet op,' zeg ik als ik het voor haar neerzet.

Ze laat haar tong over haar lippen glijden. 'Mag ik wat water, alsjeblieft?'

Natuurlijk. Ze zal zeker dorst hebben. Zonder iets

te zeggen, loop ik naar de kraan, schenk een glas vol water en reik het haar aan.

'Dank je wel.' Haar stem klinkt zacht. Als ze het glas aanpakt, raken haar vingers de mijne. Het voelt of een elektrische schok door me heen trekt en mijn spijkerbroek zit ineens ongemakkelijk strak.

Heel even kijkt ze naar beneden, voor ze haar blik weer op mijn gezicht richt. Haar pupillen verwijden zich. Ze is zich bewust van mijn verlangen naar haar en dat maakt haar bang. De hand die het glas vasthoudt, trilt lichtjes, terwijl haar andere arm haar knieën dichter tegen zich aan trekt.

Mooi. Ik wil dat ze bang is. Ik wil dat ze weet dat ik misschien haar lichaam wil, maar dat ik haar geen genade zal tonen. Ze zal me nooit meer kunnen manipuleren.

Terwijl zij drinkt, ga ik aan de andere kant van de tafel zitten. Ik leg mijn handen achter mijn hoofd en leun kalmpjes achterover.

'Ga eten. Nu,' beveel ik haar als ze het glas neerzet. Dat doet ze; ze laat met onverhuld verlangen haar witte tanden in het broodje zakken.

Ondanks dat ze duidelijk honger heeft, eet ze langzaam, elke hap zorgvuldig kauwend. Dat is verstandig; ze wil niet ziek worden omdat ze te snel te veel eet.

'Dus,' zeg ik als ze een kwart van het broodje op heeft, 'wat is je echte naam eigenlijk?'

Ze was bezig een hap te nemen, maar legt het

broodje dan neer. 'Yulia.' Ze kijkt me zonder te knipperen aan.

'Lieg niet tegen me.' Ik leun naar voren. 'Een spion zou nooit haar echte naam gebruiken.'

'Ik zei niet dat ik Yulia Tzakova heette.' Ze pakt het broodje weer en neemt een hap, voor ze zegt: 'Yulia is een veelvoorkomende Russische naam in Oekraïne en toevallig ook mijn eigen naam. Het is de Russische versie van Julia.'

'Juist.' Dat klinkt logisch, en ik geloof het. Als je undercover werkt, kun je het best zo dicht mogelijk bij jezelf blijven. 'En, Yulia, wat is dan je echte achternaam?'

'Mijn achternaam doet er niet toe.' Haar zachte mond vertrekt. 'Het meisje aan wie hij toebehoorde, bestaat niet langer.'

'Dan kun je me het ook wel vertellen.' Ondanks alles ben ik geïntrigeerd. Of het nou uitmaakt of niet, ik wil het weten.

Ik wil alles over haar weten.

Ze haalt haar schouders op en neemt nog een hap. Het is duidelijk dat ze het niet gaat vertellen.

Ik heb zin om te tandenknarsen, maar ik houd mezelf voor dat ik geduldig moet zijn. Zelfs na twee maanden hadden de Russen nog niets nuttigs uit haar gekregen, dus ik hoef niet te verwachten dat ik haar in een uur gebroken heb. Het belangrijkste nu is dat ze eet en haar krachten terugwint. De antwoorden komen later wel. Die krijg ik hoe dan ook uit haar.

Terwijl zij eet, ga ik in gedachten de informatie na die Buschekov me over haar toestuurde. Ze zijn niet veel te weten gekomen. Het enige wat ze heeft toegegeven, is dat ze tweeëntwintig is, niet vierentwintig zoals in haar valse paspoort stond, en dat ze in Donetsk geboren is, een van de bevochten gebieden in het oosten van Oekraïne. De Oekraïense overheid heeft geweigerd haar als hun spion te erkennen, dus moet ze voor een privé- of strikt geheime organisatie werken. Haar graad in Engelse Taal en Internationale Betrekkingen van de Staatsuniversiteit Moskou is blijkbaar echt: ene Yulia Tzakova is daar twee jaar geleden afgestudeerd en Buschekov heeft via professoren en studiegenoten nagetrokken dat zij daar inderdaad lessen heeft gevolgd.

Hebben de Oekraïners haar tijdens haar studie ingelijfd of is ze op hun verzoek daar gaan studeren? Het zou kunnen dat ze al sinds haar tienerjaren voor ze werkt. Het komt weinig voor dat agenten zo jong gerekruteerd worden, maar het gebeurt wel.

'Hoelang doe je dit al?' vraag ik als ze bijna uitgegeten is. Haar bleke wangen hebben nu een vleugje kleur en ze ziet er niet meer zo beverig uit als eerst. 'Spioneren voor Oekraïne, bedoel ik?'

In plaats van te antwoorden, neemt Yulia een slok water, zet haar glas neer en kijkt me recht aan. 'Mag ik even naar het toilet, alsjeblieft?'

Mijn handen spannen zich om de tafel. 'Ja, wanneer je antwoord hebt gegeven op mijn vraag.'

Ze knippert niet eens. 'Al een tijdje,' zegt ze kalm.

'Mag ik nu alsjeblieft op het toilet gaan plassen? Of heb je liever dat ik het hier doe?'

De woede in mijn binnenste vlamt op en ik geef eraan toe. Razendsnel sta ik naast haar en trek haar aan haar haren omhoog. Ze schreeuwt het uit van de pijn en haar handen krabbelen aan mijn pols, maar ik geef haar geen kans. In minder dan twee seconden heb ik haar over de tafel gelegd, met haar armen achter haar rug en haar gezicht tegen het blad gedrukt. Het bord met kruimels vliegt van de tafel en barst in stukken uiteen op de vloer, maar dat interesseert me niet.

Ik moet haar even een belangrijke les leren.

'Zeg dat nog eens.' Met mijn gewicht houd ik haar naakte lichaam onder me vastgepind. Haar hijgende, snelle ademhaling en ronde achterste roepen allerlei duistere seksuele beelden in me op, waar mijn penis meteen op reageert. Ik hoef alleen mijn rits te openen en ik kan in haar dringen.

De verleiding is haast ondraaglijk.

'Sinds mijn elfde.' Haar stem klinkt iel en gesmoord door het tafelblad. 'Ik werk voor ze sinds mijn elfde.'

Elf? Verbluft laat ik haar los en stap achteruit. Wat voor instantie lijft een kind in?

Voor ik haar onthulling verwerkt heb, schuift ze van de tafel en kijkt me aan. 'Lucas, alsjeblieft.' Haar gezicht is bleek en haar lippen trillen. 'Ik moet echt naar het toilet.'

Verdomme.

Ik pak haar bij de arm. 'Je krijgt vijf minuten,' waarschuw ik haar terwijl ik met haar naar de badkamer loop. 'Waag het niet de deur op slot te doen. Ik heb de sleutel.'

Met een knikje verdwijnt ze de badkamer in. Haar halfdroge haar danst over haar rug.

Hoofdschuddend ga ik terug naar de keuken om de rotzooi op te ruimen.

Ik wil niet dat ze haar voeten openhaalt aan de scherven van het gebroken bord.

ulia

BEVEND ZAK IK DOOR MIJN KNIEËN. MET MIJN RUG tegen de badkamerdeur probeer ik mijn ademhaling onder controle te krijgen. Wat daar bijna gebeurd was in de keuken, had me niet zo bang moeten maken, maar het leek te sterk op vroeger... Op die duistere plek waar ik zo hard aan geprobeerd heb te ontsnappen. Die positie - op mijn buik en hulpeloos, met een man die me wilde straffen bovenop - was zo bekend dat ik in paniek raakte.

Net als de vijftienjarige die ik dacht weggestopt te hebben.

Misschien was het niet zo erg geweest als het een

ander was geweest, wie dan ook. Ik had die mentale muur kunnen oprichten die me hiervoor ook altijd beschermde. Als ik alleen angst en afschuw voelde voor Lucas, was het makkelijker geweest.

Als ik in de gevangenis niet die stomme fantasieën had gehad, zou het minder afschuwelijk zijn geweest.

Ik haal diep en adem en dwing mezelf op te staan om naar het toilet te gaan. Over een paar minuten komt Lucas terug en ik mag mijn tijd niet verspillen. Als ik mijn handen was en vervolgens mijn tanden poets, probeer ik mezelf ervan te overtuigen dat ik het kan - dat ik welke straf dan ook aankan, ook als het seksueel is.

'Je tijd is om.' Zijn zware stem laat me schrikken en ik realiseer me dat ik daar gewoon stond. De kraan loopt nog steeds. 'Kom eruit.'

Paniek raast door me heen. 'Ogenblikje,' roep ik.

Hier ben ik niet klaar voor. Ik ben niet klaar voor *hem*. Voor het eerst in weken heb ik gedoucht en een maaltijd gegeten - en op de een of andere manier maakt dat het nog veel erger. Nu ik me weer bijna menselijk voel, ben ik me veel sterker bewust van mijn naaktheid en het feit dat ik overgeleverd ben aan de genade van een man die me pijn wil doen.

Met bonzend hart kijk ik de badkamer rond. Lucas is echt niet stom genoeg om een wapen rond te laten slingeren, maar ik heb dan ook niet veel nodig. Mijn blik valt op de plastic tandenborstel die ik net gebruik heb. Met beide handen breek ik hem in tweeën. Zoals ik al hoopte, is één uiteinde onregelmatig en scherp. Ik verberg het in mijn rechterhand en houd het stevig vast.

Na nog eens diep ingeademd te hebben, gooi ik de deur open en loop naar buiten. 'Klaar,' zeg ik. Hopelijk hoort hij de spanning in mijn stem niet.

'We gaan.' Lucas pakt me bij mijn linkerarm en ik struikel, ditmaal expres. Hij keert zich naar me toe om me overeind te houden en ik maak van dat moment gebruik om mijn provisorische wapen omhoog te zwaaien, richting zijn nier. Het deel van mijn brein dat hem geen kwaad wil doen en vast wil houden aan mijn fantasieën, duw ik weg. Ik geef mijn training de ruimte.

Maar op het laatste moment draait hij weg, waardoor ik zijn torso schamp maar niet doorboor. De kapotte tandenborstel blijft in zijn T-shirt hangen en wordt door de kracht uit mijn hand gerukt. Maar dat houdt mij niet tegen. Omdat hij mijn arm nog steeds vast heeft, laat ik me vallen, zodat mijn volle gewicht aan zijn arm hangt, en trap omhoog met mijn rechterbeen. Mijn voet komt in aanraking met zijn kaak. De klap raast pijnlijk door me heen, maar hij deinst achteruit, waardoor ik me uit zijn greep kan bevrijden.

Ik krabbel overeind en hol naar de keuken, wanhopig op zoek naar een mes. Maar voor ik twee stappen heb gezet, tackelt hij me. Ik slaag erin me half om te draaien en rol om als we op het vloerkleed terechtkomen, zodat ik een elleboog in zijn maag kan rammen. De impact ervan verdooft mijn arm. Maar zonder zelfs maar even te kreunen, rolt hij door en een ogenblik later lig ik vastgepind onder hem. Zijn handen houden mijn polsen boven mijn hoofd en zijn sterke benen duwen de mijne tegen de grond.

Ik kan me niet bewegen. Opnieuw lig ik hulpeloos onder hem.

Hijgend staar ik hem aan; mijn binnenste trekt samen in angstige afwachting van zijn wraak. Ik weet dat ons gevecht hem opgewonden heeft, want ik voel de zwelling van zijn erectie tegen mijn naakte buik. Of misschien is hij nog steeds hard van eerder.

Hoe dan ook, ik weet gewoon dat hij me gaat straffen.

Hij hijgt ook; ik zie zijn borst op en neer gaan. Ook zie ik razernij in zijn lichte ogen - razernij en iets veel primitievers.

Tot mijn afschuw voel ik een vleugje warmte door me heen trekken. Mijn geest vermengt de horror van mijn huidige situatie met het verbluffende genot van die nacht. Toen lag ik ook onder hem, en mijn lichaam lijkt het verschil niet te merken.

Het verschil dat de man boven op me nu niet alleen mijn lichaam wil.

Hij wil wraak.

Hij laat zijn hoofd zakken en ik verstijf als zijn lippen langs mijn oorschelp strijken. Ademhalen lijkt onmogelijk. 'Dat had je niet moeten doen,' fluistert hij. De vochtige hitte van zijn adem lijkt mijn huid te verschroeien. 'Ik wilde je meer tijd geven, je laten aansterken, maar nu niet meer...' Hij drukt zijn mond tegen mijn hals en ik voel zijn tong over het gevoelige gebied glijden alsof hij me wil proeven. 'Mijn geduld is op, schoonheid.'

Ik huiver en probeer aan die warme, verdorven mond te ontkomen. Maar ik kan nergens heen. Hij is overal, zijn gespierde lichaam groot en zwaar boven op me. De korte stoot van energie die mijn maaltijd me gaf, is verdwenen en mijn kracht is nergens te bekennen na weken ontbering. Ik ben uitgeput, kan niet meer tegenstribbelen. Dan besef ik dat de hitte in mijn binnenste in mijn kern aanzwelt tot ik nat ben van verlangen - ongewenst als dat ook moge zijn.

'Lucas, alsjeblieft.' Ik weet niet eens waarom ik hem smeek. Ik heb zojuist geprobeerd de man te verwonden; hij zal me nooit meer genade tonen. 'Doe dit niet, alsjeblieft.' De bizarre reactie van mijn lichaam zou dit gemakkelijker moeten maken, maar in plaats daarvan onderstreept hij mijn hulpeloosheid, mijn totale machteloosheid. Ik kan dit niet ondergaan, niet met hem. Dat zou me te gronde richten. 'Lucas, alsjeblieft...'

Hij verschuift, zijn mond nog altijd bij mijn oor. 'Wat niet doen?' prevelt hij, mijn beide polsen in een van zijn grote handen nemend. Zijn vrije hand laat hij tussen ons in glijden, naar mijn kruis toe. 'Dit?' Zijn duim duwt op mijn klit en zijn wijsvinger dringt in me.

De invasie bezorgt me een schok, maar de hitte in

me zwelt aan tot een pulserend verlangen. Mijn tepels worden hard en ik voel dat ik natter word. Mijn lichaam snakt naar een daad die mijn geest zou verpletteren. 'Niet doen. Alsjeblieft, niet doen.' Stomme, sneue tranen rollen over mijn wangen en ik ben niet bij machte ze tegen te houden. Langzaam rollen ze over mijn slapen mijn haren in - en de schaamte voor mijn zwakheid is ondraaglijk. 'Nee, alsjeblieft niet.' Zijn vinger dringt dieper in me en de oude herinneringen doemen op, voeren me mee terug naar die duistere, verstikkende plek. Net voor ik ga hyperventileren, slaag ik erin te piepen: 'Alsjeblieft, Lucas, niet doen!'

Tot mijn verrassing verstilt hij. Dan rolt hij vloekend van me af en staat in een vloeiende beweging op. 'Opstaan,' snauwt hij. Hij pakt me bij mijn armen en sleurt me omhoog. Zodra ik sta, sleept hij me naar de woonkamer en duwt me op de bank met de woorden: 'Als je het waagt te bewegen...'

Verdwaasd kijk ik toe hoe hij wegloopt en om de hoek verdwijnt. Als hij terugkomt, heeft hij een stoel en een rol touw bij zich. Hij zet de stoel midden in de kamer en legt het touw ernaast. Ik heb me niet bewogen - daarvoor beef ik te hevig - en ik protesteer niet als hij me optilt, op de stoel zet en mijn armen achter mijn rug aan het stevige houten frame van de stoel bindt. Dan bindt hij mijn enkels aan de poten van de stoel, zodat mijn benen gespreid worden.

Als hij klaar is, blijft hij staan en staart me aan. Het

is duidelijk dat hij nog steeds een erectie heeft, maar de hitte in zijn blik is onder nul gezakt.

'Ik ben zo terug,' zegt hij bot. 'En als ik terugkom, kun je maar beter gaan praten.'

Voor ik iets kan zeggen, is hij weg, terwijl ik naakt en alleen vastgebonden aan de stoel achterblijf.

ucas

Ik zorg ervoor dat ik de badkamerdeur beheerst achter me sluit in plaats van hem dicht te smijten. Beheersing is namelijk wat ik nu nodig heb.

Beheersing en afstand van *haar*.

Mijn erectie staat stijf in mijn broek en ik heb het gevoel dat ik elk moment zou kunnen klaarkomen. Nog nooit ben ik zo dicht bij een vrijpartij geweest en toch gestopt.

Ik heb mezelf nog nooit iets ontzegd dat ik zo graag wilde.

Daar lag ze onder me, haar lange, slanke lichaam naakt en kwetsbaar. Ik had haar op elke manier die ik wilde kunnen nemen, had mijn woede op haar kwetsbare lichaam kunnen uitleven en daarmee de honger die al maanden aan me vreet, kunnen stillen.

In plaats daarvan liet ik haar gaan.

Godskolere.

Als ik in de spiegel kijk, zie ik de woede en frustratie op mijn gezicht. Ze wilde me. Ik voelde hoe nat ze was, hoe haar lichaam op me reageerde, en toch liet ik haar los.

Ondanks dat ik in vuur en vlam stond, kon ik haar niet verkrachten.

Mijn zwakte is walgelijk, besluit ik als ik een hand door mijn korte haar haal. Verkrachting is niet erger dan de andere misdaden die ik de afgelopen jaren begaan heb. Sinds ik bij Esguerra in dienst ben, heb ik zowel mannen als vrouwen gemarteld en vermoord en daar heb ik geen problemen mee. Yulia verkrachten zou een eitje moeten zijn - ik heb de afgelopen maanden verdomme elke nacht over haar gedroomd - maar toch heb ik mezelf daarvan weerhouden.

Ik ben gestopt omdat de angst in haar stem oprecht was en ik die niet kon negeren.

Knarsetandend til ik mijn T-shirt op om de schade aan mijn ribbenkast te bekijken. Yulia's wapen heeft me slechts geschampt en de huid is intact, op een lelijke rode kras na. Waarschijnlijk wilde ze mijn nier raken. Als ik niet zo snel was, lag ik nu in gruwelijke pijn daar dood te bloeden - vooropgesteld dat ze me niet de keel had doorgesneden. Mijn kaak bonst, een herinnering aan hoe verraderlijk en gevaarlijk ze is.

Het was slimmer geweest haar in Moskou te laten.

Nee. Zodra die gedachte in me opkomt, spant mijn hele lichaam zich in ogenblikkelijke afwijzing. Nu ik haar eindelijk in mijn bezit heb, kan ik het idee niet verdragen dat ze door een ander gemarteld wordt. Alles in mij brult dat ze van mij is - om te neuken en te straffen zoals ik wil.

Niemand anders zal haar ooit nog aanraken.

Ik rits mijn broek open en sluit mijn hand om mijn stijve penis. Met gesloten ogen beeld ik me in dat ik me in haar bevind en dat het haar vagina is die mijn erectie zo strak omvat.

Dankzij dat pornografische beeld kom ik in minder dan een minuut klaar, mijn zaad in de schone, witte wasbak spuitend.

 *ulia*

Ik weet niet hoelang het duurt voor ik besef dat ik echt gespaard word, maar uiteindelijk kalmeer ik genoeg om niet langer te beven.

Hij heeft het niet gedaan.

Hij heeft me niet gedwongen.

Ik kan het nog steeds niet geloven. Ik weet hoe stijf hij was, dat was overduidelijk. Hij heeft geen enkele reden me genade te tonen. Ik ben niet zomaar een vrouw die hij in een bar opgepikt heeft; ik ben de vijand die probeerde hem te verwonden. Hij zou genoten moeten hebben van mijn zielige smeekbeden en mijn zwakte gebruikt moeten hebben om me volledig te gronde te richten.

Dat was wat ik verwachtte.

Ik kijk naar beneden, naar mijn blote benen, en probeer te begrijpen waarom hij stopte. Lucas Kent heeft ruime ervaring met alles in dit leven. Volgens de informatie die ik over hem gelezen heb, is hij na de middelbare school bij de marine gegaan en na een paar maanden het SEAL-trainingsprogramma gaan volgen. Er stond weinig over zijn opdrachten - alleen dat ze gewoonlijk geheim en extreem gevaarlijk waren - maar de reden voor zijn ontslag stond er wel in.

Een aanklacht voor moord, na acht jaar dienst. De man die me nu gevangen houdt, vermoordde zijn leidinggevende en verdween de jungle van Zuid-Amerika in. Er stond niets over de vier jaar die volgden, maar uiteindelijk dook Lucas Kent op als Esguerra's vertrouwde, extreem dodelijke rechterhand.

Als ik het idee krijg dat ik bekeken word, kijk ik op.

Twee paar donkere ogen bekijken me door het raam. Het ene paar groot en omringd door volle wimpers, het andere paar amandelvormig.

Twee jonge vrouwen, besef ik als de eigenaar van de volle wimpers wegduikt. Nu zie ik alleen nog de dapperdere vrouw van de twee. Ze is nog jong, waarschijnlijk van mijn leeftijd, en lijkt Colombiaans te zijn. Haar ronde, gebruinde gezicht wordt omringd door steil donker haar. Ze is knap en zo te zien enorm nieuwsgierig.

Maar meer kom ik niet over haar te weten, want een seconde later is ook zij verdwenen.

Verward blijf ik naar het raam kijken, maar ze

komen niet terug. Als ik voetstappen hoor, draai ik mijn hoofd om. Lucas komt de kamer binnen met een tweede stoel.

Hij zet hem voor me, gaat zitten en slaat zijn armen over elkaar. 'Goed, Yulia.' Zijn staalharde blik glijdt eerst over mijn lichaam, voor hij zich op mijn gezicht vestigt. 'Waarom vertel je me je verhaal niet?'

Geen respijt meer.

Ik probeer kalm te blijven en ga met mijn tong over mijn droge lippen. 'Mag ik wat water, alsjeblieft?' Ik heb dorst en wil deze ondervraging zo lang mogelijk uitstellen.

Hij beweegt niet. 'Praat en je krijgt het.'

Ik slik als ik zijn onbeweeglijke uitdrukking zie. 'Wat wil je weten?' Misschien kan ik wat basale informatie met hem delen, net als met de Russen. Ik kan toegeven dat ik een Oekraïense spion ben - dat weet hij al - en iets over mijn achtergrond vertellen.

Misschien stelt dat de marteling uit.

'Je zei dat je op je elfde begon.' Hij neemt me koel op. Er lijkt niets meer over van de lust die net nog tussen ons opvlamde. 'Vertel me over de mensen die je rekruteerden.'

Tot zover mijn hoop hem met onschuldige bekentenissen af te leiden.

'Ik weet weinig over ze,' zeg ik. 'Ze gaven me opdrachten, meer niet.'

Hij knijpt zijn blauwe ogen samen. Hij weet dat ik lieg. 'O?' Zijn stem is bedrieglijk kalm. 'Was studeren aan de Staatuniversiteit Moskou ook zo'n opdracht?'

'Dat klopt.' Dat ontkennen heeft toch geen zin. 'Ze vervalsten mijn papieren en schreven me in aan de universiteit zodat ik in Moskou kon gaan wonen en dicht bij mensen in de Russische overheid kon komen.'

'Op welke manier dichtbij?' Hij leunt naar voren en ik zie iets duisters in die lichte ogen. 'Hoe moest je die opdracht uitvoeren, schoonheid?'

Ik geef geen antwoord, maar dat hoeft ook niet. Hoe kan een jonge vrouw zich opwerken tot de hogere kringen van de overheid?

'Hoeveel?' Lucas' stem is scherp genoeg om me open te snijden. 'Hoeveel heb je er geneukt om "dichtbij" te komen?'

'Drie.' Twee lagere ambtenaren en een van Buschekovs vrienden. Zo kwam ik aan het baantje als Buschekovs tolk. 'Ik moest er met drie naar bed.' Ik kijk Lucas open aan en negeer de samengebalde schaamte in mijn binnenste. 'Esguerra moest de vierde worden, maar in plaats daarvan eindigde ik met jou.'

Hij knijpt zijn blauwe ogen samen en mijn polsslag schiet omhoog. Ik weet niet eens waarom ik hem uitdaag. Lucas kwaad maken is geen goed idee. Ik moet de vrede bewaren en tijd winnen. Wat maakt het uit dat de minachting op zijn gezicht voelt alsof ze een mes in mijn ingewanden ronddraaien?

Een echt mes zou veel erger zijn.

Hij staat abrupt op. Zo torent hij boven me uit, waardoor ik mijn hoofd achterover moet kantelen om hem aan te kijken. Het kost me moeite niet ineen te krimpen. De woede in zijn blauwgrijze ogen is duidelijk zichtbaar. Heel even ben ik ervan overtuigd dat hij me gaat slaan, maar hij grijpt alleen een handvol haar en buigt mijn hoofd nog verder achterover.

'Wilde je hen?' De greep op mijn haar verstrakt en de tranen springen in mijn ogen. 'Werd je kutje voor hen ook zo nat?'

'Nee.' Het is de waarheid, maar ik zie dat hij me niet gelooft. 'Zo was het niet met hen. Het was gewoon een opdracht.' Ik weet niet eens waarom ik hem probeer te overtuigen. Ik wil niet toegeven dat hij bijzonder voor me was, maar tegelijkertijd kan ik daar ook niet over liegen. 'Het was mijn werk.'

'Net zoals ik je werk was.' Hij kijkt op me neer en ik zie een vlaag duistere lust onder al die razernij. 'Je gaf me je lichaam om informatie te vergaren.'

Ik ontken dat niet en zijn borst spant zich als hij diep inademt. Ik wacht op kwetsende, veroordelende woorden, maar die komen niet. In plaats daarvan wordt de greep op mijn haar iets losser, alsof hij zich realiseert dat mijn nek dit niet lang volhoudt.

'Yulia...' Er klinkt een vreemde toon in zijn stem door. 'Hoe oud was je toen je met de eerste van de drie naar bed ging?'

Verrast knipper ik met mijn ogen. 'Zestien.'

Tenminste, toen begon onze relatie. Boris Ladrikov was klein en kalend, lid van de Doema en drie jaar lang mijn vriendje. Mijn eerste vriendje. Hij stelde me aan alle belangrijke mensen voor, waaronder Vladimir, die mijn tweede opdracht werd.

'Zestien?' Er trekt een spiertje bij Lucas' oor. Hij is

woedend en ik heb geen idee waarom. 'Hoe oud was je doelwit?'

'Achtendertig.' Ik heb geen idee waarom Lucas al die irrelevante vragen stelt, maar ik heb er geen moeite mee die te beantwoorden. Dat houdt hem weg van belangrijkere onderwerpen. 'Hij dacht dat ik achttien was; mijn persona was twee jaar ouder.'

Ik verwacht verdere ondervraging, maar tot mijn verrassing laat Lucas mijn haar los en zet een stap naar achteren.

'Dat is voorlopig genoeg,' zegt hij. Opnieuw hoor ik die vreemde toon in zijn stem. 'We gaan later verder.'

Zonder verder nog iets te zeggen, draait hij zich om en loopt de kamer uit. Een minuutje later hoor ik de voordeur open- en dichtgaan. Ik ben opnieuw alleen.

Lucas

Een kind. Ze was verdomme nog een kind toen ze haar naar Moskou stuurden en dwongen met die gore overheidshufters te slapen.

Mijn ingewanden lijken in brand te staan, zo woedend ben ik. Het kostte me ieder beetje zelfbeheersing dat ik heb om mijn reactie niet aan Yulia te tonen. Als ik het huis niet was uitgelopen, had ik mijn vuist in een muur geramd.

Nu, een uur later, voel ik die aandrang nog steeds. Daarom blijf ik op de zandzak tegenover me inslaan, mijn woede in elke slag leggend. Ik merk dat de andere mannen op me beginnen te letten; ik ben al 40 minuten bezig zonder zelfs maar een slokje water te nemen.

'Lucas, gekke *gringo*, wat zit jou dwars?' Een mannenstem verbreekt mijn concentratie. Als ik me omdraai, blijkt Diego achter me te staan. De lange Mexicaan grijnst zijn witte tanden bloot. 'Moet je die energie niet in je gevangene steken?'

'Rot op, *pendejo*.' Zijn stomme onderbreking heeft mijn concentratie verpest, dus pak ik het flesje water om een slok te nemen. Normaal gesproken ben ik best op Diego gesteld, maar nu heb ik zin om hem als boksbal te gebruiken. 'Mijn gevangene gaat je geen reet aan.'

'Ik heb haar hierheen gebracht, dus eigenlijk gaat ze me wel degelijk aan,' gaat hij ertegenin. Maar hij grijnst niet meer nu hij doorheeft in wat voor humeur ik ben. 'Zij is de trut die de crash heeft veroorzaakt, toch?'

Ik veeg het zweet van mijn voorhoofd. 'Waarom denk je dat?' Ik dacht dat alleen Esguerra, Peter en ik van Yulia's betrokkenheid afwisten.

Diego haalt zijn schouders op. 'We hebben haar uit een Russische gevangenis gehaald en iedereen weet dat de Oekraïners erachter zaten. Eén plus één is twee. En je lijkt nogal persoonlijk betrokken te zijn, dus...' Ik kijk hem koel aan en zijn stem sterft weg.

'Zoals ik al zei: mijn gevangene gaat je geen reet aan.' Ik heb echt geen zin om het met de andere mannen over Yulia te hebben. Wat zo gemakkelijk leek - wraak - is een bende van epische omvang geworden. Het meisje dat in mijn woonkamer aan een stoel gebonden zit, is niet wie ik dacht dat ze was. En ik heb geen idee wat ik daarmee moet.

'Oké, goed. Maak je niet dik.' Diego grijnst nog een keer. 'Maar vertel: heb je haar nou al genomen? Zelfs met die stank van de gevangenis om haar heen was me duidelijk dat ze een lekker...'

Mijn vuist raakt zijn gezicht voor hij goed en wel uitgesproken is. Het is niet eens een bewuste reactie; de woede in mijn binnenste is gewoon onbeheersbaar. Hij wankelt achteruit en ik spring naar voren om hem tegen de grond te werken. Mijn been protesteert, maar ik negeer de pijn en laat mijn vuisten afwisselend op Diego's geschokte gezicht neerkomen.

'Wat doe je verdomme, Kent?' Harde handen grijpen me vast en sleuren me van mijn slachtoffer af. Ik kan stribbelen wat ik wil, maar ik kom niet los. 'Kalmeer, man.'

'Wat is hier aan de hand?' Esguerra's stem is als een emmer ijskoud water over de vlammen van mijn razernij. De waas in mijn hoofd trekt op en ik besef dat Thomas en Eduardo me aan mijn armen vasthouden. Mijn baas staat een paar meter verderop, bij de ingang van de sportzaal.

'Een klein meningsverschil.' Mijn stem klinkt kalm, maar de bloedlust raast nog altijd door mijn aderen. Nu ik niet meer tegenstribbel, laten Thomas en Eduardo me met een zorgvuldig neutrale uitdrukking op hun gezicht los.

Ik weet dat ik iets moet zeggen, dus wend ik me tot de bewaker die ik aanviel. 'Het spijt me, Diego. Ik ben in een slecht humeur vandaag.'

'Goh, dat meen je niet,' mompelt hij als hij

moeizaam opstaat. Hij heeft een bloedneus en zijn linkeroog is nu al aan het opzwellen. 'Ik ga hier ijs op doen.'

Hij haast zich de sportzaal uit en Esguerra kijkt me vragend aan.

Ik haal mijn schouders op alsof er eigenlijk niets aan de hand is en tot mijn opluchting vraagt Esguerra niet verder. In plaats daarvan vertelt hij me over een telefoontje vanavond met een leverancier in Hongkong, waar ik bij moet zijn. Dan gaat hij terug naar zijn kantoor. Ik blijf achter om op bierblikjes te schieten met de bewakers, terwijl ik probeer niet aan mijn gevangene te denken.

22

Yulia

IK WEET NIET HOELANG IK DAAR ZIT. STEEDS PROBEER IK een comfortabelere houding te vinden op die harde stoel. Uiteindelijk trekt een zacht tikken op het raam mijn aandacht. Geschrokken kijk ik op en zie een van de meisjes die me eerder bekeken, het meisje met het ronde gezicht. Ze staat buiten, met haar neus tegen het raam gedrukt. Ik zie haar vriendin nergens, dus moet ze alleen zijn.

'Hallo?' roep ik, al heb ik geen idee of ze Engels spreekt of me door het glas heen kan horen. 'Wie ben jij?'

Ze aarzelt even, dan vraagt ze: 'Waar is Lucas?' Ik kan haar nauwelijks door het raam heen horen, maar ik hoor wel dat ze Engels met een Amerikaanse tongval spreekt, met slechts een miniem Spaans accent.

'Geen idee. Hij is een tijdje geleden weggegaan,' antwoord ik. Ik neem haar even nauwgezet op als zij mij. Het is geen eerlijke uitwisseling; ik zie alleen haar hoofd, terwijl zij mij in al mijn naakte glorie ziet. Toch vallen haar gelijkmatige trekken en volle lippen me op. Die informatie sla ik in mijn brein op voor het geval ik er later nog iets aan heb.

Wie is zij? Kan ze Lucas' vriendin zijn? Ik heb niets kunnen vinden over een partner, maar Obenko zou niets weten van eventuele relaties die Lucas hier op het landgoed onderhoudt. Mijn cipier zou hier een vrouw en drie kinderen kunnen hebben. Een leuk jong vriendinnetje is niet echt bijzonder; Lucas is een viriele, sensuele man die zonder problemen vrouwen aantrekt, zelfs op een afgelegen plek als deze.

Hoe langer ik erover nadenk, hoe logischer het is. Daarom heeft hij me eerder niet geneukt.

Niet omdat ik hem smeekte, maar omdat hij niet ontrouw wilde zijn.

'Wat wil je?' vraag ik het meisje. Op de een of andere manier kost het me moeite me niet verraden te voelen nu ik dit weet. Mijn naaktheid en vastgebonden toestand lijken haar niet te deren, dus blijkbaar weet ze wat haar vriendje doet. 'Waarom ben je hier?'

Ze opent haar mond alsof ze wil antwoorden, maar dan duikt ze weg. Een seconde later gaat de voordeur open.

Lucas is terug.

Ik voel zijn aanwezigheid op hetzelfde moment als dat ik zijn voetstappen hoor. Als hij voor me komt staan, zie ik het zweet op zijn huid. Zijn mouwloze T-shirt zit tegen zijn borst geplakt en een donkere V is zichtbaar in het midden. Hij ziet er krachtig uit, een toonbeeld van mannelijkheid. Als ik zijn kille blik ontmoet, word ik me bewust van een warm kloppen tussen mijn benen.

Het is ongelofelijk, maar ik wil hem.

Het kost me moeite mijn blik af te wenden. Ik wil niet dat hij zich van mijn gevoelens bewust wordt. Ik lijk wel gek als het om hem gaat. Zojuist heb ik me gerealiseerd dat hij een vriendin heeft, maar zelfs als dat niet het geval was, zou ik toch geen man moeten willen die ik vrees? En waarom heeft hij me nog niets gedaan?

Mijn blik valt op zijn knokkels, die blauw en gezwollen zijn.

Hij heeft iemand in elkaar geslagen.

Ik wil ernaar vragen, maar ik dwing mezelf te zwijgen en naar mijn knieën te kijken. Zijn woede is nog altijd aanwezig - dat voel ik - en ik wil hem niet provoceren. Ook zwijg ik over zijn vriendin, al brand ik van nieuwsgierigheid. Om de een of andere reden wilde het donkerharige meisje niet dat hij weet dat ze me bespiedde - en ik ga haar nu niet verraden.

Ik heb ieder klein beetje voordeel nodig dat ik kan vinden.

'Heb je trek?' Die vraag verrast me en ik kijk op.

'Op zich wel,' zeg ik voorzichtig. Ik rammel. Mijn

lichaam snakt naar voeding na weken hongerlijden, maar ik wil niet dat hij het tegen me gebruikt. Daarnaast moet ik nodig plassen, al heb ik geprobeerd dat te negeren.

Hij kijkt me even aan en knikt dan, alsof hij een besluit heeft genomen. Hij draait zich om en verdwijnt de gang in. Even later hoor ik water stromen. Is hij gaan douchen?

Met drie minuten is hij terug, gekleed in een zwarte, katoenen korte broek en een schoon T-shirt. Op zijn gespierde hals glimmen druppels water en hij ruikt naar de douchegel die ik eerder ook gebruikt heb - inderdaad gedoucht, dus.

Hij knielt en maakt mijn handen en polsen los. 'Kom mee,' zegt hij, mijn elleboog gebruikend om me omhoog te trekken. 'Ga naar het toilet, dan krijg je daarna iets te eten.'

Hij brengt me naar de badkamer en ik loop gedwee mee. Ik ben te geschokt om opnieuw een ontsnappingspoging te doen. 'Schiet op.' Hij geeft me duwtje als we bij de badkamer zijn en ik doe wat hij vraagt. Ik ga mijn goede geluk niet riskeren.

Als ik mijn handen was, zie ik een nieuwe tandenborstel op de wastafelrand liggen. Heel even kom ik in de verleiding mijn actie van eerder te herhalen, maar ik besluit de gok niet te wagen. Als het me niet lukte toen ik het verrassingselement had, zal het me zeker niet lukken nu hij weet wat ik kan.

Daarnaast zei hij dat ik iets te eten zou krijgen en mijn maag rammelt bij alleen de gedachte al.

'Handen,' beveelt Lucas zodra ik de badkamer uitkom. Zonder iets te zeggen, laat ik mijn lege handen zien. Hij knikt goedkeurend. 'Brave meid.'

Ik trek mijn wenkbrauwen op. Hij gedraagt zich vreemd. Maar voor ik iets kan zeggen, neemt hij me al mee naar de keuken.

'Ga zitten.' Hij wijst naar een stoel en ik neem plaats. Hij pakt dezelfde ingrediënten als voor de lunch en begint twee broodjes klaar te maken. Intussen neem ik de keuken in me op, op zoek naar iets dat ik als wapen zou kunnen gebruiken. Helaas staat nergens een messenblok. Het aanrecht is leeg en schoon, op de broodjes in voorbereiding na. Ook draagt hij geen wapen; hij moet zijn voorraad elders bewaren, in zijn auto bijvoorbeeld.

'Hier.' Hij zet een bord voor me neer. Het is van karton, niet van steen zoals het bord dat eerder brak. Ook het mes waarmee hij de mayonaise heeft gesmeerd, is van plastic. Blijkbaar is hij voorzichtig geworden. Als ik de laden zou doorzoeken, zou ik zeker iets vinden, maar Lucas zou me tegen de grond gewerkt hebben voor ik zelfs maar een la geopend had.

Zelfs met mijn handen los kan ik alleen maar van een ontsnapping dromen.

Ik laat mijn tong over mijn droge lippen glijden. 'Mag ik wat...'

'Water? Alsjeblieft.' Hij pakt een papieren bekertje, laat het onder de kraan vollopen en zet het voor me neer. Dan gaat hij met zijn eigen broodje aan de andere kant van de tafel zitten.

Ondanks mijn talloze vragen drink ik eerst het water op en eet ik het merendeel van mijn broodje, voor ik aan de verleiding toegeef ze te stellen. Het laatste wat ik wil, is dat hij boos wordt en mij mijn eten ontneemt.

Maar na een tijdje is mijn geduld op. 'Waarom doe je dit?' vraag ik als hij zijn eten op heeft. Mijn maag doet pijn van het eten en ik kan mezelf gewoon voelen aansterken. 'Wat wil je van me?'

Lucas kijkt me met toegeknepen ogen aan en ik besef dat hij naar mijn borsten keek, die door mijn lange haar heen zichtbaar zijn. Ik voel mijn huid gloeien en mijn tepels hard worden in antwoord op het onverhulde verlangen in zijn blik. Ik loop al de hele dag naakt voor hem rond en heb er zodoende geen erg meer in, maar dat neemt de intense sensualiteit van de situatie niet weg. Ineens daagt het me dat de afleiding van mijn lichaam zijn stilte tijdens het eten deels veroorzaakt moet hebben.

Hij wil me nog steeds en ik weet niet of die wetenschap me bang maakt of juist opwindt.

'Vertel me over ze,' zegt hij dan ineens. 'Vertel me over de mensen die je rekruteerden en je dit lieten doen.'

Aha. Daarom is hij zo aardig voor me. Hij hangt de meelevende cipier uit waar de Russen de rotzakken waren - hij speelt de held waar zij de slechteriken waren. Het komt zo dicht in de buurt van mijn fantasieën dat ik wel kan huilen. Maar hij wil me niet redden - hij wil antwoorden. Antwoorden die ik niet kan en niet wil geven.

'Wat is er die dag gebeurd?' vraag ik in plaats van antwoord te geven. Die vraag kwelt me sinds ik weet dat Esguerra en hij nog leven. 'Hoe hebben jullie het overleefd?'

Lucas' kaak spant zich en het verlangen in zijn blik dooft. 'Je doelt op het vliegtuigongeluk?'

'Er was dus een vliegtuigongeluk?' Ik wist het niet zeker, maar ik had al wel aangenomen dat zijn verlangen naar wraak betekende dat er iets gebeurd moest zijn.

Lucas leunt naar voren en verfrommelt het papieren bordje tussen zijn handen. 'Ja, er was een vliegtuigongeluk. Hebben je leidinggevenden je niet op de hoogte gesteld?'

Bij het horen van de razernij in zijn stem kost het me moeite niet ineen te krimpen. 'Jawel, maar ik wist niet of de informatie correct was.'

'Omdat we het overleefd hebben.'

Ik knik met ingehouden adem.

Even staart hij me aan; dan staat hij op en loopt op me af. 'Kom mee,' zegt hij. Hij pakt mijn arm. 'We zijn uitgepraat.'

Hij sleept me terug naar de woonkamer, bindt me opnieuw aan de stoel en laat me wederom alleen. De deur slaat met een harde klap achter hem dicht.

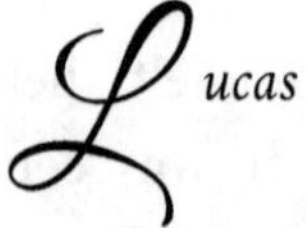

ucas

TERWIJL ESGUERRA MET ONZE LEVERANCIER IN HONGKONG DE LAATSTE TRANSPORTPROBLEMEN BESPREEKT, zit ik er stil bij en kan mijn aandacht slechts ten dele bij het videogesprek houden. Ik snap niet hoe één jonge vrouw me zo overhoop kan halen. Het ene moment wil ik voor haar zorgen en haar sterk en gezond zien en het andere moment twijfel ik tussen haar ter plekke doden of keihard nemen.

Een kindhoertje.

Dat is wat ze van haar maakten. Ze pikten haar met elf jaar op, trainden haar en lieten haar op haar zestiende in Moskou los met de instructie zo dicht mogelijk bij de hoogste Russische ambtenaren te komen.

Alleen de gedachte maakt me al kotsmisselijk. Ik weet niet wat me kwader maakt: dat ze haar dat hebben aangedaan of dat ze betrokken is bij het vliegtuigongeluk dat vijfenveertig mannen doodde en drie onherkenbaar verminkte.

Hoe kun je tegelijkertijd iemand haten en al het onrecht dat haar aan is gedaan recht willen zetten?

'Bedankt voor uw tijd, meneer Chen,' zegt Esguerra ongebruikelijk beleefd. Ik zie de oude man op het scherm knikken terwijl hij de woorden herhaalt. In dat deel van de wereld zijn beleefdheden alles, ook in de omgang met criminelen.

Zodra Esguerra het gesprek heeft afgesloten, sta ik op. Ik wil terug naar Yulia. 'Ik zie je morgen,' zeg ik. Hij knikt ten antwoord, nog altijd op zijn computer bezig.

'Tot morgen,' zegt hij als ik wegloop.

Buiten is het donker. Donker, warm en vochtig. Esguerra's kantoor ligt naast het grote huis, wat een stuk lopen van de bewakerskwartieren verwijderd is, waar ik woon. Ik had de auto kunnen nemen, maar ik houd wel van een wandeling. Na twee uur stilgezeten te hebben, is het heerlijk mijn benen te strekken en mijn hoofd leeg te maken.

Na een paar meter hoor ik een vrouwenstem mijn naam roepen. Als ik omkijk, zie ik Esguerra's dienstmeisje, Rosa, over het grasveld aan komen hollen. In haar armen heeft ze iets dat op een afgedekte pan lijkt.

'Lucas, wacht.' Ze klinkt buiten adem.

Nieuwsgierig blijf ik staan. Volgens mij heeft Eduardo het weleens over haar gehad. Had hij toen niet iets met haar? Uit zijn woorden begreep ik dat ze hier op het landgoed geboren is; haar ouders werkten voor Juan Esguerra, de vader van mijn baas. Ik kom haar wel eens tegen en groet haar dan, maar een gesprek hebben we nog nooit gevoerd.

'Hier,' zegt ze als ze voor me tot stilstand gekomen is. Ze overhandigt me de pan. 'Ana wilde dat ik je die gaf.'

'O, ja?' Verrast neem ik het zware cadeau aan. De geur die ervan afkomt, is kruidig en hartig. Het water loopt me in de mond. 'Waarom?'

Esguerra's huishoudster brengt de bewakers soms koekjes of wat extra fruit, maar dit is de eerste keer dat ze iets voor mij persoonlijk heeft.

'Ik weet het niet.' Rosa bloost. 'Volgens mij had ze extra soep gemaakt en Nora en de Señor wilden het niet.'

'Ik begrijp het.' Eigenlijk niet, maar ik protesteer niet tegen wat als een heerlijke maaltijd ruikt. 'Ik doe me er graag tegoed aan als zij niet willen.'

'Dat willen ze niet. Het is voor jou.' Aarzelend glimlacht ze naar me. 'Ik hoop dat je het lekker vindt.'

'Dat zal wel lukken,' zeg ik. Ik neem het meisje in me op. Ze is knap, met voluptueuze rondingen en stralende bruine ogen. Als ik zie dat ze nog heviger begint te blozen, daagt het me dat de huishoudster hier wellicht helemaal niet achter zit.

Rosa heeft interesse in me. Daar ben ik ineens heel zeker van.

Maar ik verhul mijn ongemak en wens haar een goede nacht voor ik verder loop. Een paar maanden geleden zou ik gevleid geweest zijn en was ik graag ingegaan op de duidelijke uitnodiging in haar verlegen glimlach. Maar nu kan ik alleen maar aan de langbenige blondine denken die op me wacht - en de duistere, wilde dingen die ik met haar wil doen.

'Dag,' roept Rosa als ik wegloop en ik schenk haar een nietszeggende glimlach over mijn schouder.

'Bedankt voor de soep,' zeg ik nog. Maar ze is alweer op weg terug naar het huis, haar zwarte jurk als een lijkwade om haar heen fladderend.

Zodra ik thuis ben, zet ik de pan in de koelkast en loop naar de woonkamer. Mijn gevangene bevindt zich precies waar ik haar heb achtergelaten: vastgebonden op die stoel, midden in de kamer. Yulia's hoofd hangt naar beneden, waardoor haar blonde haren een groot deel van haar bovenlichaam aan het zicht onttrekken. Als ze niet op mijn binnenkomst reageert, besef ik dat ze in slaap gevallen moet zijn.

Ik hurk voor haar neer en begin haar enkels los te maken. Mijn reactie op haar nabijheid probeer ik te onderdrukken. Maar omdat ik haar benen gespreid had, kan ik haar schaamlippen zien. Ineens herinner ik me weer hoe haar kutje smaakte en hoe ze aanvoelde toen ik in haar was.

Verdomme.

Ik kijk naar mijn handen en concentreer me op wat ik aan het doen ben. Maar dat helpt niet. Ik laat mijn handen over haar zijdeachtige huid glijden. Haar voeten zijn lang en slank, net als de rest van haar lichaam. Ondanks haar lengte is ze tenger. Haar enkels zijn zo smal dat ik ze met één hand gemakkelijk kan omvatten.

Het zou totaal geen moeite kosten die fragiele botjes te breken. Die gedachte snijdt door mijn opwinding heen en ik werp me erop in de hoop dat hij afleiding biedt. Ik moet haar zien als een vijand, niet als een sensuele vrouw. Als vijand is ze makkelijk te martelen. Er is niet veel voor nodig haar voet in tweeën te breken. Dat weet ik omdat ik het eerder gedaan heb. Een aantal jaar geleden luisde een Thaise raketfabrikant ons erin. We namen wraak door zijn hele gezin te doden. Zijn vrouw probeerde haar man en tienerzoons voor ons te verbergen, maar we braken ieder bot in haar benen tot ze hun locatie prijsgaf.

Sindsdien hebben we geen problemen meer gehad in Thailand.

Dat is wat ik Yulia ook zou moeten aandoen: ik zou haar moeten pijnigen, haar moeten dwingen haar geheimen prijs te geven en haar dan moeten doden. Dat is wat Esguerra van me verwacht.

Dat is ook wat ik van plan was na haar tot mijn bevrediging genomen te hebben.

Haar been spant zich en schokt. Als ik opkijk, zie ik twee blauwe ogen op me gericht. Yulia is wakker.

'Je bent terug,' zegt ze zacht. Ik knik. Een nieuwe vlaag van lust maakt het onmogelijk iets uit te brengen. Mijn penis was al half stijf, maar nu staat hij fier overeind en mijn rechterhand lijkt een eigen leven te leiden... Langzaam glijdt hij over haar kuit naar boven. Hoger en hoger. Ik voel dat ze verstrakt, dat haar ademhaling verandert. Als ik haar aankijk, zijn haar pupillen verwijd van angst.

Angst, maar ook iets anders, te oordelen aan de kleur op haar gezicht.

Ik kan de duistere verleiding niet weerstaan en laat mijn hand steeds verder omhoog glijden, over de lichte ronding van haar knie naar de zachte huid aan de binnenzijde van haar dij. Haar beenspieren zijn zo strak aangespannen dat ik ze voel trillen en onder de sluier van haar haren zijn haar tepels harde knopjes geworden.

Ze slikt krampachtig. 'Lucas...'

Maar ik hoor niet wat ze zegt, want op datzelfde moment gaat mijn telefoon luid zoemend af.

Verdomme.

Furieus laat ik Yulia's dij los en pak mijn telefoon. Het is een bericht van Diego.

Mogelijk probleem bij Toren Noord Eén.

Ik heb zin die telefoon tegen de muur te smijten, maar dat doe ik niet. In plaats daarvan loop ik naar mijn kantoor, waar Yulia me niet kan horen.

Ik haal diep adem om mezelf te kalmeren en bel Diego.

'Wat is er?' blaf ik zodra hij opneemt. 'Wat is er zo belangrijk?'

'We hebben een indringer staande gehouden bij de noordgrens. Hij zegt een visser te zijn, maar ik geloof hem niet.'

Ik probeer mijn woede in te dammen. Het is verstandig dat Diego me dat bericht heeft gestuurd, ook al komt die onderbreking me erg slecht uit. 'Goed. Ik ben er met vijftien minuten.'

Terug in de woonkamer maak ik Yulia snel los, terwijl ik mijn bonzende erectie probeer te negeren. 'Moet je naar het toilet?' Ik help haar opstaan en ze knikt. Haar uitdrukking staat verward.

'Kom op dan.' Ik sleep haar de gang door en duw haar zowat de badkamer binnen. 'Schiet op.'

Vijf minuten later is ze klaar. Haar gezicht is gewassen en ze ruikt naar tandpasta. Ik controleer haar handen en breng haar dan naar de slaapkamer. Terwijl ik haar zorgvuldig in de gaten houd, leg ik een deken op de vloer achter het voeteneinde. Dan pak ik een rol touw uit het nachtkastje, die ik daar eerder had neergelegd, en zeg tegen Yulia: 'Op die deken.'

Ze verstijft en ik zie dat ze naar het touw staart.

'Schiet op,' zeg ik, mijn hand naar haar uitstrekkend. 'Ga op die deken. Nu.'

Ze spant haar spieren als ik haar erheen trek en heel even denk ik dat ze me gaat bevechten. Maar stijfjes doet ze wat ik zeg en gaat met gebogen benen zitten.

'Liggen.' Ik duw op haar schouder. Mijn penis springt op bij het gevoel van haar zachte huid onder mijn vingers. Ik zou haar zo graag nemen voor ik weg moet. Opgewonden als ik ben, heb ik maar een paar minuten nodig. De verleiding om haar benen te spreiden en haar te neuken is bijna te groot om te weerstaan. Als ik niet meer had gewild dan een ruw vluggertje, was ik al in haar geweest.

'Lucas.' Ze kijkt me met trillende lippen aan. 'Alsjeblieft, ik...'

'Ga verdomme liggen. Nu.' Ik begin mijn geduld te verliezen. Als ik haar moet dwingen te gaan liggen, blijft het daar niet bij.

Haar gezicht is bleek, maar Yulia gehoorzaamt en gaat op de deken liggen. Zodra ze ligt, kniel ik naast haar, pak haar polsen en leg ze boven haar hoofd. Ik maak het touw stevig vast, het ene einde om haar polsen - maar niet zo strak dat ik haar bloedtoevoer afsnijd - en het andere einde aan de poot van het bed. Vervolgens doe ik hetzelfde met haar enkels en de andere beddenpoot. Het feit dat ze niet echt meewerkt, negeer ik ook maar. Uiteindelijk ligt ze uitgestrekt op de deken, met haar enkels en polsen aan weerszijden van het bed gebonden.

Ik sta op en neem mijn werk in ogenschouw. Het bed is zwaar, dus Yulia zit nog beter vast dan op de stoel. Maar ze kan makkelijker slapen, mocht het gedoe met de indringer langer duren dan ik denk.

Voor ik ga, leg ik nog een kussen onder haar hoofd. Haar haren vallen over haar gezicht en ik veeg de zachte blonde strengen weg. Opnieuw moet ik de lust in mijn binnenste bezweren. Ze staart me aan. Haar ogen zijn net diepe blauwe poelen en ik moet een kreun onderdrukken als ze haar tong over haar droge lippen laat glijden.

'Ik ben zo terug.' Dan dwing ik mezelf op te staan.

Voor ik van gedachten kan veranderen over dat vluggertje, loop ik de kamer uit en ga op weg naar Toren Noord Eén.

ulia

MĲN HART BONST EN IK HOUD MĲN ADEM IN TERWĲL IK NAAR LUCAS' wegstervende voetstappen luister. Hij is zo terug, zei hij. Betekent dat dat hij gaat douchen of gaat hij ergens heen? Maar hoe ik mijn best ook doe, ik kan de voordeur niet horen. Dat betekent echter niets. De slaapkamer ligt te ver van de deur om hem te kúnnen horen.

Na nog een paar minuten stilte, verschuif ik op de deken in een poging de pijn in mijn schouders te verminderen. Nu mijn handen aan de ene poot van het bed gebonden zijn en mijn enkels aan de andere, kan ik me niet goed bewegen. Deze uitgestrekte houding is nauwelijks comfortabeler dan toen ik nog op de stoel zat.

Geërgerd test ik mijn boeien. Zoals verwacht zitten ze goed vast. Het massief houten tweepersoonsbed is zo zwaar dat het net zo goed aan de vloer gelast had kunnen zitten. Elke ruk aan de touwen zorgt ervoor dat ze dieper in mijn huid snijden, dus daar houd ik mee op.

Ik probeer rustig te ademen om te kalmeren, maar het lukt niet.

Waar is Lucas? Waarom heeft hij me zo achtergelaten? Toen hij dat touw pakte en me zei op de deken te gaan liggen, was ik ervan overtuigd dat hij me ging verkrachten, vriendin of niet. Ik zag zijn erectie en voelde zijn verlangen. Alleen de wetenschap dat het erger zou zijn als ik tegenstribbelde, zorgde ervoor dat ik zijn bevelen kon gehoorzamen.

Ik hoopte dat hij minder ruw te werk zou gaan als ik meewerkte.

Maar hij raakte me niet aan. Hij bond me alleen aan het bed en nu lig ik hier, in mijn eentje op die deken. Hij heeft zelfs een kussen onder mijn hoofd gelegd, alsof hij het belangrijk vindt dat ik lekker lig.

Alsof hij niet van plan is me uiteindelijk te vermoorden.

Opnieuw verstrijken er een aantal minuten. Lucas komt niet terug, dus moet hij het huis uitgegaan zijn, waarschijnlijk vanwege dat berichtje. Is het voor zijn werk of gaat het om iets persoonlijks? Heeft het misschien iets te maken met dat mysterieuze vriendinnetje van hem? Ze weet dat ik hier ben. Ze heeft me naakt in zijn huis zien zitten. Heeft ze Lucas dat berichtje gestuurd omdat ze het idee heeft dat er iets gaande is tussen ons? Wil ze niet dat haar vriend zo met zijn gevangene speelt?

Vreemd genoeg kwetst die gedachte me. Het doet er niet echt toe dat Lucas een vriendin heeft. We hebben geen relatie - geen romantische, in elk geval. Hij heeft me hierheen laten komen om me te martelen, me te laten boeten voor wat ik heb gedaan. Als iemand iets over hem te zeggen heeft, is zij het, niet ik.

Ik ben de andere vrouw, degene die hij wel begeert, maar nooit zal liefhebben.

Ik sluit mijn ogen en probeer me opnieuw te ontspannen. Ik ben zo uitgeput dat het pijn doet, maar toch kan ik niet in slaap komen. De airconditioning voelt kil aan op mijn naakte huid en mijn schouders doen pijn nu mijn armen boven mijn hoofd gebonden zijn. Vreemd genoeg wenst een deel van mij dat Lucas hier was, dat ik me in zijn harde armen bevond.

De fantasie is zo aanlokkelijk dat ik er net als in de gevangenis aan toegeef. In mijn dromen is dit allemaal niet echt. Lucas haat me niet. Er was geen vliegtuigongeluk en we staan aan dezelfde kant. Hij houdt me vast, kust me... bemint me.

In mijn dromen is hij de mijne en ben ik de zijne - en kan niets ons uit elkaar drijven.

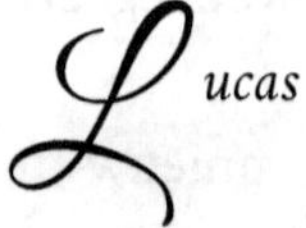

Lucas

TEGEN DE TIJD DAT IK BIJ DE TOREN BEN, HEBBEN DIEGO en de anderen de insluiper in een klein hutje in de buurt vastgezet. Het is pikdonker buiten en het hutje beschikt niet over elektriciteit, dus heb ik een op batterijen werkende lantaarn meegenomen om de man te bekijken.

In het licht lijkt hij een doodgewone Colombiaan te zijn. Zo te zien is hij begin dertig. Zijn kleding ziet er goedkoop en besmeurd uit - al kan dat komen van zijn gevecht met de bewakers. Ze hebben hem gekneveld, waarschijnlijk zodat hij zou stoppen met smeken. Dat kan heel ergerlijk zijn.

Ik wend me tot Diego. De jonge Mexicaan heeft een

blauw oog als gevolg van mijn woede-uitbarsting over Yulia. Heel even overweeg ik oprecht mijn excuses aan te bieden, maar daar is dit niet het juiste moment voor. 'Waar vond je hem?' vraag ik in plaats daarvan.

'Hij was bij de rivier,' zegt Diego op zachte toon. 'Hij had een boot en zegt dat hij aan het vissen was.'

'Maar je gelooft hem niet?'

'Nee.' Diego werpt een bik op de man. 'Zijn boot is onbeschadigd. Hij is gloednieuw.'

'Ik begrijp het.' Diego's verdenking is gegrond. Slechts weinig vissers in deze regio kunnen zich een nieuwe boot veroorloven. 'Goed. Maak zijn knevel los, dan zullen we eens zien wat hij te zeggen heeft.'

Pas om twee uur in de nacht weten we onze gevangene te breken. Ik ben niet zo dol op marteling als Esguerra, dus laat ik het de bewakers eerst proberen. Ze slaan hem in elkaar en breken wat ribben, waarna ik hem vraag wat hij hier doet. Hij probeert te liegen en dist een verhaal op dat hij hier per ongeluk terechtkwam, maar nadat ik hem een paar keer met mijn knipmes plaag, begint hij echt te praten. Zijn werkgever is een machtige drugsbaron uit Bogota.

'Leren die *cabrons* het nou nooit?' zegt Diego walgend als de man in snikkende smeekbeden om genade vervalt. 'Je zou toch denken dat ze inmiddels beter weten dan dit soort onzin te proberen, zoals deze clown sturen om gaten in onze beveiliging te vinden... Kan het nog stommer?'

'Ja, hoor.' Ik stap op de snikkende man af en snijd in een vloeiende beweging zijn keel door om hem uit zijn misère te verlossen. 'Ze zouden ons kunnen aanvallen.'

'Dat is waar.' Diego stapt achteruit om niet met bloed besproeid te worden. 'Wil je zijn lichaam naar zijn *patrón* sturen of cremeren?'

'Cremeren.' Ik veeg het knipmes aan mijn T-shirt af, dat toch al doordrenkt is met bloed, en sluit het alvorens het op te bergen. 'Laat zijn baas zich maar afvragen wat er gebeurd is.'

'Oké.' Diego gebaart naar de andere twee mannen en samen dragen ze het lichaam de hut uit. De boel moet schoongemaakt worden, maar dat is aan de volgende ploeg. Ik wacht tot de nieuwe bewakers er zijn en geef ze instructies. Daarna loop ik naar mijn auto.

Diego loopt mee, dus vraag ik hem: 'Wil je een lift?'

'Ja, hoor. Ik ging lopen, maar een lift is fijn.' Hij grijnst naar me. 'Lig ik eerder in bed.'

'Ja.' Voor we in de auto stappen, haal ik een handdoek uit de kofferbak - die daar speciaal voor zulke gelegenheden ligt - en leg hem op de bestuurdersstoel. Diego is niet zo smerig als ik, dus mag hij gewoon zo op de bijrijdersstoel gaan zitten.

Het is maar een kort ritje, maar Diego kletst me de oren van het hoofd. Hij is hartstikke hyper. Dat hebben sommige mannen na een moord. Hij lijkt te moeten bevestigen dat hij nog leeft, dat het niet zijn lichaam is dat straks verbrand wordt. Ik weet hoe hij zich voelt. In mijn aderen bruist eenzelfde soort opwinding. Niet zo erg als bij mijn eerste moorden - een mens went overal aan, ook doden - maar ik voel me bruisend van leven. Al mijn zintuigen lijken aangescherpt door de aanwezigheid van de dood.

'Luister, man,' zegt Diego als ik voor zijn barak stop, 'ik wilde nog even zeggen dat ik er niets mee bedoelde, vanmiddag. Over dat meisje van je. Je had gelijk, het gaat me niets aan.'

'Ze is niet mijn meisje.' Maar zodra ik de woorden uitgesproken heb, weet ik dat het een leugen is. Yulia is misschien niet 'mijn meisje', maar ze is wel van mij.

Ze is al de mijne sinds ik haar in Moskou zag.

'Wat jij wilt.' Grijzend gooit Diego zijn portier open en springt de auto uit. 'Ik zie je morgen.'

Hij sluit het portier en ik rijd weg. Ineens ongedurig trap ik het gaspedaal diep in, zodat steentjes opspatten achter de wagen.

Ik heb lang genoeg gewacht.

Het is tijd om dat wat van mij is te bezitten.

Voor ik me naar de badkamer begeef, neem ik een lange douche om alle restjes bloed en viezigheid van me af te wassen. Het warme water ontspant me een beetje, maar die duistere adrenaline bevindt zich nog altijd in me. Als ik me begin af te drogen, wordt mijn penis al stijf.

Ik neem dan ook niet de moeite me aan te kleden. De lucht voelt koel aan op mijn vochtige huid als ik de gang door loop. Mijn hart begint te bonzen als ik me Yulia op die deken voorstel: naakt, vastgebonden en volledig aan mijn genade overgeleverd. Nooit eerder heb ik een vrouw op die manier willen nemen, maar alles aan mijn gevangene brengt mijn primaire behoeften naar boven. Ik wil haar, vastgebonden en hulpeloos.

Ik wil dat ze weet dat ze niet kan ontsnappen.

Het is donker in de slaapkamer als ik binnenstap en ik doe het licht aan. In het licht van het bedlampje zie ik Yulia uitgestrekt op de deken liggen. Haar naakte lichaam is lang en slank. Ze ligt op haar zij, haar rug naar me toe. Zelfs nu ze zoveel gewicht kwijt is, is haar achterste nog mooi rond. Haar lichte huid lijkt als marmer tegen de donkere deken. Opnieuw reageert ze niet op mijn aankomst en ik besef dat ze in slaap gevallen moet zijn. Haar ogen zijn gesloten, haar lippen lichtjes geweken. Haar ronde, volle borsten deinen op haar ademhaling mee, haar tepels zacht en roze nu ze ontspannen is.

De opwinding die al de hele dag in me borrelt, laait op, heviger dan voorheen. Ik kniel naast haar en laat mijn hand van haar schouder naar het midden van haar dijbeen glijden. Zelfs met die blauwe plekken is haar huid nog prachtig, zo glad en zacht dat ik haar overal wil proeven.

Ik geef toe aan die impuls en leun over haar heen om haar tepel in mijn mond te nemen. Meteen trekt het knopje samen, wordt harder als ik eraan zuig. Ze verstijft onder me en het ritme van haar ademhaling verandert als ze langzaam ontwaakt.

Ik til mijn hoofd op om haar blik te ontmoeten. Ik zie angst in haar ogen, maar ook iets anders - iets dat me ongelofelijk opwindt.

Verlangen.

Langzaam laat ik mijn hand over haar middel naar haar heup glijden. Het kost me al mijn wilskracht om me te beheersen. Ze maakt geen geluid, maar haar ogen worden donker als mijn hand haar stevige, ronde achterste omvat. Haar huid is koel en glad. Als ik in een bil knijp, veert de stevige ronding mee. Ze voelt heerlijk aan, zo heerlijk dat mijn erectie op springen staat. Mijn hand trilt als ik hem omlaag beweeg en langs haar achterste naar voren beweeg.

Ja, daar. Ik ervaar een hevig gevoel van triomf als ik haar schaamlippen voel en merk dat ze nat is daar. Ze is klaar voor me, net als de eerste keer dat ik haar aanraakte. Met mijn blik nog steeds op de hare gericht, duw ik mijn vinger in haar nauwe, hete kutje. Ze rilt en onderdrukt een zachte kreun.

'Je wilt me, hè?' Mijn stem is laag en hees. 'Je wilt dit.' Mijn duim vindt haar klit en duwt erop, intussen haar reactie peilend. Haar ogen lijken enorm in haar smalle gezicht en ze lijkt haar adem in te houden.

'Zeg het.' Ik krom mijn vinger in haar en duw wat harder op haar klit. 'Zeg me dat je dit wilt, verdomme.'

Ze slikt moeizaam. Haar vagina knijpt samen en er gaat een rilling door haar heen. 'Lucas, alsjeblieft...'

'Zeg het, verdomme,' grom ik. Maar ze sluit haar ogen en wendt haar gezicht af. Haar borst rijst en daalt in een hoog ritme en ik voel haar vagina me omklemmen als ik een tweede vinger in haar duw en haar nauwe ingang uitrek.

Ze bevecht me, ontkent dit.

Mijn honger neemt een duister tintje aan als opwinding, woede en frustratie zich vermengen. Hoe waagt ze het dit te doen? Ze is van mij. Ik kan met haar lichaam doen wat ik wil. Ik zou haar ook geen keus kunnen laten. Ze is mijn gevangene, mijn trofee, en ik heb meer dan genoeg geduld met haar gehad.

'Kijk me aan.' Terwijl ik mijn vingers in haar kutje laat, ga ik op mijn knieën zitten. Dan grijp ik haar kaak met mijn andere hand en dwing haar me aan te kijken. 'Geen spelletjes,' grom ik als ze haar ogen opent. 'Die verlies je, begrepen?'

Ze knippert met haar ogen en ik voel haar om mijn vingers samentrekken. Haar kutje is drijfnat en haar lichaam verwelkomt mijn aanraking. 'Ja.'

'Ja, wat?' Ik moet blijven praten, anders neem ik haar hier ter plekke. Mijn duim streelt haar klit en ze snakt naar adem. 'Ja, wat?'

'Ik...' Haar stem trilt en ze hapt naar adem. 'Ik begrijp het.'

'Mooi. Houd dan nu op met liegen en geef verdomme antwoord.' Ik krom beide vingers in haar vagina, waardoor ze opnieuw rilt. 'Wil je me?'

Ze knikt; het is nauwelijks zichtbaar, maar het is voldoende.

Ik laat haar los en haal mijn vingers uit haar kutje. Ik sta op springen. Het liefst zou ik haar hier en nu op deze deken nemen, maar ik zie haar reeds al die weken in mijn bed voor me, dus daar wil ik haar.

Mijn hoofd staat nu niet naar knopen ontwarren, dus loop ik naar de bijkeuken, waar ik mijn bebloede kleren heb achtergelaten. Binnen dertig seconden ben ik terug. Mijn knipmes heb ik mee.

Ik open het mes en loop naar Yulia's benen. Angstig spert ze haar ogen open, maar ik snijd alleen het touw om haar enkels los om ze te bevrijden.

'Blijf stil liggen,' beveel ik als ik om haar heen loop. Een seconde later zijn ook haar armen los. Ik wil geen wapens bij haar in de buurt, dus leg ik het mes in de bovenste la van mijn kledingkast. Dan wend ik me weer tot haar.

Yulia zit op haar knieën, klaar om op te staan, maar daar krijgt ze de kans niet voor. Ik overbrug de afstand tussen ons en til haar in mijn armen op. Ik weet dat ze ook zelf in staat is op het bed te klimmen, maar ik wil haar voelen, wil haar aanraken. Haar hart bonst zichtbaar in haar keel als ik haar op de witte lakens leg, wat mijn opwinding verder laat toenemen.

Van mij. Ze is van mij.

De woorden klinken als primitief tromgeroffel in mijn hoofd. Ik heb me nog nooit zo bezitterig gevoeld als het op een vrouw aankomt, heb nog nooit zo graag een vrouw bezeten. Mijn lust is uiterst primitief, even duister en oud als het verlangen te doden. Die nacht in Moskou was niet genoeg.

Bij lange na niet.

Ik houd mijn blik op haar gericht terwijl ik in het nachtkastje reik. Met mijn tanden scheur ik het condoom open en rol het om mijn bonzende erectie. Haar blik volgt mijn vingers en ik zie dat ze nog verder verstrakt. Is het angst of opwinding? Ik weet het niet - maar het interesseert me ook niet meer.

'Kom hier,' beveel ik terwijl ik op het bed klim. Ik weet niet wat ik verwacht als ik naar haar reik, maar in elk geval niet wat er dan gebeurt.

Zodra ik haar aanraak, slaat Yulia haar armen om mijn nek en drukt een vurige kus op mijn lippen.

 _ulia_

Ik weet niet wat me bezielt om Lucas te kussen. Maar zodra onze lippen elkaar raken, verdwijnt mijn angst als sneeuw voor de zon, verbrand door mijn vurige verlangen. Ik wil hem. Ik wil deze harde, verwarrende man. Mijn cipier.

Nu mijn fantasieën me nog vers in het geheugen staan, begeer ik hem meer dan dat ik hem vrees.

Mijn paniek van vanmiddag is nergens te bekennen. Die duistere herinneringen houden zich rustig als hij me op de matras laat zakken en zijn handen door mijn haar laat glijden. Ik welf me tegen hem aan en hij verdiept de kus. Hongerig verkent hij mijn mond. Hij smaakt naar hitte, naar rauwe passie, naar mijn dromen en nachtmerries. Hij verorbert me en ik hem - mijn handen gaan over zijn gespierde rug, zijn hals, zijn korte haar. Ik weet dat hij me in de nabije toekomst zal doden. Ik weet dat de handen die nu mijn haar strelen, me op een dag de hersens inslaan, maar het doet er op dit moment niet toe.

Ik ga op in het nu, nu zijn aanrakingen me genot bezorgen in plaats van pijn.

Zijn lippen glijden over mijn oor en zijn tanden schrapen langs mijn hals, waarna hij aan de gevoelige huid zuigt. Kippenvel verspreidt zich over mijn hele lichaam. Het genot is scherp, elektrisch, en neemt alleen maar toe als hij zijn hand over mijn zij, middel en heup naar het plekje tussen mijn benen laat glijden. Zonder aarzeling vinden zijn vingers mijn klit en mijn opwinding groeit tot hij ondraaglijk wordt.

Ik schreeuw zijn naam in reactie op de intense gevoelens die hij daar oproept, maar het is te laat. Mijn lichaam bevindt zich al zo lang op het randje dat mijn orgasme me als een vloedgolf overspoelt.

Door het golvende genot heen blijft hij me strelen. Daarna pakt hij een been en legt het over zijn heup, zodat ik voor hem gespreid lig. Zijn erectie duwt tegen mijn dij, hard en genadeloos. Als ik zijn felle blik ontmoet, voel ik een vleugje angst.

'Ik ga je neuken,' zegt hij hees. 'Je bent van mij, begrepen? Van mij.'

Verbluft probeer ik die bezitterige uitspraak te verwerken, maar Lucas kust me opnieuw en ik sluit mijn ogen. Ik kan niet meer nadenken. Zijn lichaam voelt als een warme, stalen kooi die me omringt. Zijn geur en smaak overweldigen me. Ik kan niet ademen zonder hem te inhaleren, kan niets anders meer voelen dan de vernietigende kracht van zijn lippen en zijn harde penis die tegen mijn opening duwt.

Mijn nagels schrapen over zijn huid en dan voel ik hem in me dringen. Zijn linkerhand grijpt mijn haar nog wat steviger vast, zodat ik me niet van zijn mond kan afwenden. Ik kan het zelfs niet uitschreeuwen als hij binnendringt alsof het zijn recht is. Hij gaat diep, zo diep dat het pijn zou moeten doen - en dat doet het ook, maar ik voel ook genot. Genot en een vreemde opluchting.

Opluchting dat ik hem op dit moment waarlijk toebehoor.

Als hij helemaal in me zit, heft hij zijn hoofd op zodat ik adem kan halen. Ik open mijn ogen en ontmoet opnieuw zijn blik. Zijn lippen glanzen van onze kus en zijn gebruinde huid lijkt strak over zijn ruwe, knappe trekken gespannen te zijn. Ik voel hem in me, voel zijn hitte me vanbinnen verschroeien, en mijn lichaam verwelkomt hem, wordt natter om hem beter te voelen.

'Yulia,' fluistert hij terwijl hij op me neerkijkt. Dan besef ik dat hij het ook voelt, deze bekoring, deze primitieve aantrekkingskracht. Hij heeft de macht in handen, maar op dit moment is hij even kwetsbaar als ik, even bezeten.

Ik weet niet of hij het zich ook realiseert, maar zijn kaak spant zich en zijn blik wordt kil en nietszeggend.

Zonder nog iets te zeggen, pakt hij mijn pols in zijn linkerhand en pint die boven mijn hoofd. Dan doet hij hetzelfde met zijn rechterhand, zodat ik uitgestrekt onder hem lig, niet in staat te bewegen of hem aan te raken.

Ik lig hulpeloos onder een man die me wil straffen.

'Lucas, wacht,' fluister ik als ik de eerste steken van angst voel, maar het is te laat. Hij begint in me te bewegen. Zijn blik is kil en furieus en hij houdt mijn handen nog altijd boven mijn hoofd. Zijn stoten zijn hard en genadeloos. Ze benemen me de adem en laten me kreunen van de pijn. Dit is geen vrijage; dit is bezit, even bruut als welke verkrachting ook.

Die realisatie spoort me aan tot vechten als mijn oude paniek toeslaat en de herinneringen me overspoelen, maar ik kan niets doen. Ik ben vastgepind en overweldigd en de man op me kent geen genade. Zijn lichaam neemt het mijne, steeds weer, en ik voel mezelf afglijden naar die kille, duistere plek waar ik zo hard tegen gevochten heb. De grens tussen heden en verleden vervaagt en ik hoor Kirills wrede, uitdagende stem, ruik opnieuw de smorende stank van zijn eau de cologne terwijl hij me tegen de grond duwt. Afschuw slaat door me heen, maar voor ik erin verdrink, heeft Lucas mijn polsen in één hand genomen en zijn andere hand tussen ons in naar mijn klit gebracht. Zijn aanraking is vaardig en zeker. Het verbluffende genot brengt me terug naar het heden, naar de spanning die zich opnieuw in me opbouwt.

Ik knijp mijn ogen dicht en probeer weg te draaien,

te ontsnappen, maar ik kan nergens heen. Zijn penis in me en zijn vingers op mijn klit laten pijn en genot in elkaar overlopen in een erotische vicieuze cirkel. Bij Kirill was er geen sprake van genot, alleen afschuwelijke pijn. De combinatie van de twee schokt me, houdt me erbij. De man boven op me is mijn trainer niet.

Het is Lucas, nog een man die me haat.

Maar daar is mijn lichaam zich niet van bewust. Het heeft geen boodschap aan het feit dat zijn aanraking me geen genot zou moeten bezorgen. Ondanks zijn ruwe stoten zijn Lucas' vingers voorzichtig met mijn klit. Het genot zwelt aan en verjaagt de duisternis. Hijgend, naar adem snakkend, welf ik mijn rug. In de verte kan ik mezelf wanhopig horen smeken en hij verhoogt de druk op mijn klit tot een scherpe, duizelingwekkende rand.

'Kom voor me, schoonheid,' hijgt hij. Hij brengt zijn hoofd naar mijn hals en tot mijn verbijstering voel ik mijn orgasme door me heen trekken. Explosief genot welt in me op en voert iedere cel in mijn lichaam mee. Al mijn spieren trillen als ik rond zijn grote penis samentrek.

Ik schreeuw het uit; dan hoor ik zijn adem stokken en een hese kreun in zijn borst opwellen. Zijn hand verkrampt om mijn polsen als hij nogmaals diep in me stoot, daar blijft en dan in schokkende bewegingen tegen me aan schuurt. Ik voel zijn erectie pulseren. Hij heeft ook zijn orgasme bereikt.

Ik wend mijn hoofd af, naar adem snakkend, niet in

staat hem of mijn verwarrende gevoelens onder ogen te komen. Ik ben totaal overweldigd door de pijn en het genot. Hij bevindt zich nog steeds in me, nauwelijks slapper dan eerst. Ons zweet plakt onze lichamen aan elkaar en zijn adem gaat zwaar. Ineens branden er onwelkome tranen in mijn ogen.

Mocht ik nog getwijfeld hebben over wat er hier gebeurt, dan zijn die twijfels nu verdwenen. Deze zielsverscheurende daad maakt me meer dan wat ook duidelijk dat Lucas nog leeft.

Hij leeft nog en ik ben zijn gevangene.

De tranen dreigen te ontsnappen en ik pers mijn oogleden op elkaar om dat te voorkomen. Ik kan mezelf die luxe - huilen - niet toestaan. Wat dit ook betekent, wat Lucas ook voor me in petto heeft, ik zal het moeten verdragen. Ik moet sterk zijn, want dit is pas het begin.

Mijn gevangenschap is pas net begonnen.

Bedankt voor het lezen! Ik hoop dat je het leuk vond Lucas en Yulia te leren kennen. Hun liefdesverhaal gaat verder in *Gebonden*.

Wil je op de hoogte blijven van mijn nieuwste boeken? Schrijf je dan in voor mijn nieuwsbrief op www.annazaires.com/book-series/nederlands!

Wil je ook andere boeken van mij lezen? Bekijk dan eens:

- *Verwrongen* - het duistere verhaal over Lucas' baas, Julian, en Nora, het meisje dat hij ontvoerde en tot zijn vrouw maakte
- *Aanraking* - het futuristische verhaal over Korum, een machtige alien, en Mia, de verlegen studente die hij de zijne wil maken

Sla nu de pagina om voor een voorproefje van
Verwrongen en *Aanraking*.

Ontvoerd. Meegenomen naar een privé-eiland.

Ik had nooit gedacht dat mij dit zou overkomen. Ik had me nooit kunnen voorstellen dat een toevallige ontmoeting aan de vooravond van mijn achttiende verjaardag mijn leven zo volkomen zou veranderen.

Nu behoor ik hem toe. Julian. Een man die even meedogenloos als knap is — een man wiens aanraking me in vuur en vlam zet. Een man wiens tederheid verwoestender is dan zijn wreedheid.

Mijn ontvoerder is een raadsel. Ik weet niet wie hij is of waarom hij me heeft ontvoerd. In hem bevindt zich duisternis—duisternis die me evenzeer aantrekt als beangstigt.

Ik ben Nora Leston. Dit is mijn verhaal.

Het is avond. Ik word elke minuut nerveuzer omdat ik weet dat ik straks mijn ontvoerder weer zie. Niet langer houdt het boek mijn aandacht vast. Daarom leg ik het maar weg en begin te ijsberen.

Ik heb de kleren aan die Beth me gebracht heeft. Zelf zou ik ze niet uitgekozen hebben, maar ze zijn beter dan die badjas. Ik heb een sexy wit slipje aan en een bijpassende beha. Daaroverheen draag ik een leuk blauw zomerjurkje met knoopjes van voren. Het is verbazend hoe goed het past. Misschien houdt hij me al wel langer in de gaten. Misschien weet hij naast mijn kledingmaat nog veel meer van me.

Die gedachten zijn misselijkmakend.

Hoe hard ik ook probeer niet te denken aan wat komen gaat, het lukt me niet. Eigenlijk begrijp ik niet eens waarom ik er zo van overtuigd ben dat hij vanavond naar me toe komt. Misschien heeft hij wel een hele harem aan vrouwen op dit eiland zitten en neemt hij elke avond een ander, net als sultans dat vroeger deden.

Maar ik weet gewoon dat hij eraan komt. Gisteren was gewoon een voorproefje. Hij is nog niet klaar met me – nog lang niet.

Uiteindelijk gaat de deur open. Hij stapt binnen alsof hij de touwtjes in handen heeft, wat natuurlijk ook zo is.

Opnieuw ben ik onder de indruk van zijn

mannelijke schoonheid. Met zo'n gezicht zou hij een model of een filmster kunnen zijn. Als de wereld eerlijk was, was hij klein geweest, of had hij een andere imperfectie gehad om voor die trekken te compenseren.

Maar dat is niet het geval. Zijn lichaam is perfect geproportioneerd, groot en gespierd. Als ik denk aan hoe het was om hem in me te voelen, bespeur ik tot mijn ongenoegen een vlaag van opwinding.

Wederom draagt hij een spijkerbroek en een T-shirt, een grijze ditmaal. Hij heeft groot gelijk dat hij de voorkeur geeft aan eenvoudige kleding. Het is niet of zijn uiterlijk nog extra nadruk nodig heeft.

Hij glimlacht naar me, duister en verleidelijk als een gevallen engel. "Hallo, Nora."

Ik heb geen idee wat ik moet zeggen en daarom flap ik het eerste eruit wat in me opkomt: "Hoelang wil je me hier houden?"

Hij houdt zijn hoofd een tikje scheef. "Hier in deze kamer? Of op dit eiland?"

"Allebei."

"Beth zal je morgen rondleiden. Als je zin hebt, kunnen jullie gaan zwemmen," zegt hij terwijl hij op me af loopt. "Ik houd je niet opgesloten, tenzij je domme dingen gaat doen."

"Zoals?" Mijn hart begint als een gek te bonzen wanneer hij met een hand door mijn haren strijkt.

"Beth of jezelf pijn doen." Zijn zachte stem en indringende blik werken hypnotiserend. Die ritmische strelingen door mijn haar versterken dat effect alleen maar.

Ik probeer de betovering te verbreken door een paar keer met mijn ogen te knipperen. "En op het eiland? Hoe lang ben je van plan me hier te houden?" Nu strijkt zijn hand over de ronding van mijn wang. Even leun ik tegen zijn hand, als een kat die geaaid wordt. Dan besef ik wat ik aan het doen ben, en meteen ga ik weer stokstijf rechtop staan. Aan zijn glimlach zie ik dat hij precies weet welk effect hij op me heeft.

"Lang, hoop ik," is zijn antwoord.

Op de een of andere manier verrast dat me niet. Je neemt niet de moeite iemand helemaal naar een verlaten eiland te brengen als je alleen paar keer seks wilt. Ik ben doodsbang, dat wel, maar niet verrast. Ik verzamel mijn moed en stel de volgende logische vraag: "Waarom heb je me ontvoerd?"

Nu glimlacht hij niet meer. In plaats van te antwoorden, neemt hij me met die onpeilbare blauwe ogen op.

Over mijn hele lichaam begin ik te beven. "Ga je me vermoorden?"

"Nee, Nora, ik ga je niet vermoorden."

Ik weet dat hij zou kunnen liegen, maar toch stelt het antwoord me gerust. "Ga je me dan verkopen?" Ik forceer de woorden naar buiten. "Als een prostituee of zo?"

"Nee," zegt hij zacht. "Dat nooit. Je bent van mij. Alleen van mij."

Ook dat stelt me wat gerust, maar er is één ding dat ik nog moet weten. "Ga je me pijn doen?"

Wederom lijkt het of hij geen antwoord gaat geven. Heel even verschijnt er een flits van iets duisters in zijn ogen.

"Waarschijnlijk wel," zegt hij dan en hij buigt zich voorover om me met zijn warme mond zachtjes op mijn lippen te kussen.

Een moment lang blijf ik als bevroren staan. Ik geloof hem. Ik weet dat hij de waarheid vertelt als hij zegt dat hij me pijn gaat doen. Al vanaf het begin is er iets aan hem dat me angst aanjaagt. Hij is zo anders dan de jongens met wie ik altijd uitging. Volgens mij is hij tot alles in staat. En ik ben volledig aan hem overgeleverd.

Heel even overweeg ik me weer te verzetten. Dat is wat men zou doen in mijn situatie, nietwaar? Dat zou dapper zijn.

Maar ik doe het niet. Ik bespeur een duisternis in hem, een afwijking. Die schoonheid verbergt iets monsterlijks en ik wil niet degene zijn die het wekt. Ik heb geen idee wat er dan zal gebeuren.

Daarom blijf ik doodstil staan en laat ik hem me kussen. Ook wanneer hij me oppakt en naar het bed draagt, verzet ik me niet. In plaats daarvan sluit ik mijn ogen en geef ik me over aan de gevoelens die hij in me oproept.

❧

Verwrongen is nu verkrijgbaar. Ga naar mijn website www.annazaires.com/book-series/nederlands/ voor meer informatie en om je in te schrijven voor mijn releasemailing.

In de nabije toekomst hebben de Krinar het voor het zeggen op aarde. De Krinar komen uit een ander universum, zijn veel verder ontwikkeld dan wij en zijn een mysterie voor ons – en wij zijn aan hen overgeleverd.

De verlegen, onschuldige Mia Stalis leidt een serieus studentenleven in New York City. Net als de meeste mensen heeft zij nooit contact gehad met de Krinar. Maar op een dag in het park komt daar verandering in. Korum laat zijn oog op haar vallen en vanaf dat moment heeft ze te maken met een krachtige, gevaarlijk verleidelijke Krinar die haar wil bezitten en zich daar door niets of niemand van laat weerhouden.

Hoe ver zou jij gaan voor je vrijheid? Hoeveel zou jij opgeven om de mensheid te helpen? Welke keuze zou je maken als je begint te vallen voor je vijand?

Ademhalen, Mia, ademhalen. Ergens in haar achterhoofd bleef een rationeel stemmetje die woorden herhalen. In diezelfde vreemd opmerkzame hoek van haar brein viel haar op hoe symmetrisch zijn gezicht was en hoe strak zijn goudkleurige huid om zijn hoge jukbeenderen en hoekige kaaklijn zat. Ze had wel foto's en filmpjes gezien van K, maar die vielen in het niet bij wat ze nu zag. Op een kleine tien meter afstand was het wezen simpelweg adembenemend.

Ze bleef naar hem staren, nog steeds als versteend, en hij rechtte zijn rug en begon naar haar toe te lopen. Of eigenlijk was het meer sluipen, bedacht ze, want zijn bewegingen deden haar denken aan die van een katachtige die een gazelle wilde verslinden. Al die tijd hield hij met zijn blik de hare vast. Naarmate hij haar dichter naderde, zag ze de gele vlekjes in zijn lichtgouden ogen en zijn dikke, lange wimpers.

Ze keek geschokt en ongelovig toe terwijl hij naast haar ging zitten op het bankje, op nog geen halve meter afstand. Hij glimlachte zijn witte tanden bloot. Zijn hoektanden waren normaal, merkte ze op met een of ander nog functionerend deel van haar brein. Niet eens een klein beetje langer dan anders. Dat was een mythe die een tijdlang over hen de ronde deed, net als dat ze niet tegen zonlicht konden.

'Hoe heet je?' Hij stelde de vraag op een haast spinnende toon. Zijn stem klonk laag en prettig, zonder enig accent. Zijn neusvleugels gingen een klein stukje naar buiten alsof hij haar geur opsnoof.

'Eh…' Mia slikte nerveus. 'M-Mia.'

'Mia,' herhaalde hij langzaam, om haar naam te proeven. 'Mia hoe?'

'Mia Stalis.' O shit, waarom wilde hij haar naam weten? Waarom zat hij hier tegen haar te praten? Wat deed hij überhaupt in Central Park? Dit was niet bepaald om de hoek bij de K-Centers. *Ademhalen, Mia, ademhalen.*

'Relax, Mia Stalis.' Zijn glimlach werd breder en er verscheen een kuiltje in zijn linkerwang. Een kuiltje? K hadden kuiltjes? 'Heb je nooit eerder een van ons ontmoet?'

'Nee.' Mia besefte dat ze haar adem inhield en liet hem met een zucht los. Ze was trots dat haar stem niet zo bibberig klonk als ze zich voelde. Moest ze het vragen? Wilde ze het weten?

Ze raapte haar moed bij elkaar. 'Wat eh…' Nog een keer slikken. 'Wat wil je van me?'

'Praten, op dit moment.' De ooghoeken van zijn gouden ogen rimpelden een beetje, alsof hij op het punt stond naar haar te lachen.

Vreemd genoeg maakte dat haar zo boos dat ze geen angst meer voelde. Als er één ding was waar Mia een hekel aan had, dan was het uitgelachen worden. Gezien haar kleine, magere lijf en haar algemene gebrek aan sociale vaardigheden – het directe gevolg van een lastige puberteit waarin ze te maken had gekregen met een beugel die de nachtmerrie was van ieder meisje, pluizig haar én een bril – had ze meer dan genoeg ervaring als mikpunt van spot.

Ze hief haar kin omhoog. 'Goed dan, en hoe heet jij?'

'Korum.'

'Alleen Korum?'

'We doen niet echt aan achternamen zoals jullie. Mijn volledige naam is veel langer, maar als ik je die vertelde, zou je toch niet weten hoe je hem moest uitspreken.'

Hmm, interessant. Ze herinnerde zich dat ze iets dergelijks had gelezen in *The New York Times*. Tot nu toe leek zijn verhaal te kloppen. Haar benen waren bijna gestopt met trillen en haar ademhaling werd weer wat kalmer. Misschien, heel misschien, zou ze dit wel kunnen navertellen. Het praten met hem leek wel veilig, hoewel de manier waarop hij haar met die geelachtige ogen bleef aanstaren zonder te knipperen zenuwslopend was. Ze besloot hem aan de praat te houden.

'Wat doe je hier, Korum?'

'Zoals ik al zei: ik ben met jou aan het praten, Mia.' Hij klonk vermaakt.

Mia zuchtte gefrustreerd. 'Ik bedoel waarom je hier in Central Park bent; waarom je in New York City bent.'

Hij glimlachte weer en hield zijn hoofd een beetje schuin. 'Misschien wel in de hoop dat ik een mooi meisje met krullen zou ontmoeten.'

Oké, nu was het mooi geweest. Hij was haar

duidelijk aan het dollen. Nu ze weer een beetje helder kon nadenken, realiseerde ze zich dat ze midden in Central Park waren, waar ongeveer een triljoen mensen hen konden zien. Ze keek voorzichtig rond om te zien of haar vermoeden klopte. En inderdaad. Hoewel mensen logischerwijs afstand hielden van haar bankje en de buitenaardse man die erop had plaatsgenomen, waren er wat verderop een paar dapper genoeg om naar hen te kijken. Sommigen maakten zelfs voorzichtig opnames met hun smartwatchcamera. Als de K haar iets zou doen, zou het in no time op YouTube staan. Daar was hij zich ongetwijfeld ook van bewust. Restte nog de vraag of het hem iets kon schelen.

Maar goed, aangezien ze nooit een filmpje had gezien van een K die een studente aanvalt midden in Central Park, leek het haar dat ze relatief veilig was. Mia pakte voorzichtig haar laptop op en wilde hem terugstoppen in haar rugtas.

'Laat me je daarmee helpen, Mia…'

Voor ze met haar ogen kon knipperen, voelde ze hem de zware laptop overnemen uit haar plotseling krachteloze vingers. Hij raakte heel licht haar knokkels aan en een gevoel dat leek op een lichte elektrische schok schoot door Mia heen. Haar zenuwuiteinden tintelden ervan.

Hij pakte haar rugtas en stopte de laptop er behoedzaam in, in één soepele beweging. 'Zo, opgelost.'

O god, hij had haar aangeraakt. Misschien was haar theorie over de veiligheid van de openbare ruimte complete bullshit. Ze voelde haar ademhaling weer versnellen en haar hartslag was waarschijnlijk gevaarlijk hoog aan het worden.

'Ik moet nu gaan… Doei!'

Hoe ze het voor elkaar kreeg om die woorden eruit te persen zonder te hyperventileren, zou ze nooit begrijpen. Ze pakte het hengsel van de rugtas die hij zojuist had neergezet en sprong op – haar eerdere versteendheid was opgeheven.

'Doei, Mia. Tot later.' Zijn licht spottende stem klonk door de heldere lentelucht terwijl ze wegliep, zo haastig dat ze bijna rende.

Aanraking is nu verkrijgbaar. Ga naar mijn website www.annazaires.com/book-series/nederlands/ voor meer informatie en om je in te schrijven voor mijn releasemailing.

Anna Zaires is verslaafd aan boeken sinds ze op vijfjarige leeftijd van haar grootmoeder leerde lezen. Haar eerste korte verhaal schreef ze niet lang daarna. Sindsdien leeft ze gedeeltelijk in een fantasiewereld waarin alleen haar eigen verbeelding de grenzen bepaalt. Momenteel woont Anna in Florida. Ze is gelukkig getrouwd met Dima Zales (een auteur van science fiction- en fantasyboeken). Al hun boeken komen door nauwe samenwerking tot stand.

Voor meer informatie, zie www.annazaires.com/book-series/nederlands/.

www.ingramcontent.com/pod-product-compliance
Lightning Source LLC
Chambersburg PA
CBHW070641100726
47907CB00007B/2066